KB130138

그리운 나주평야

고정국

1947년 서귀포시 남원읍 위미 출생.
1988년 〈조선일보〉 신춘문예 당선.
저서 : 시집『진눈깨비』『겨울 반딧불』『서울은 가짜다』, 고향 사투리 서사시
조집『지만울단 장쿨래기』, 시조로 노래하는 스토리텔링『난쟁이 휘파람 소
리』, 관찰시조집『민들레 행복론』『탈옥을 꿈꾸며』, 관찰산문집『고개 숙인 날
들의 기록』, 체험적 창작론『助詞에게 길을 묻다』, 전원 에세이『손!』 등.
수상 : 제1회 남제주군 으뜸군민상(산업 문화 부문), 중앙시조대상 신인상, 유심
작품상, 이호우문학상, 현대불교문학상, 한국동서문학상, 한국해양문학상 등.
활동 : 민족문학작가회의 제주도지회(현 제주작가회의)장 역임. 월간《농업사
랑》(2001-2006), 월간《시조갤러리》(2008-2018) 발행인. 한국작가회의 회원.
koukook@hanmail.net

그리운 나주평야

—

초판 1쇄 2019년 2월 28일
지은이 고정국
펴낸이 김영재
펴낸곳 책만드는집

—

주소 서울 마포구 양화로 3길 99, 4층 (04022)
전화 3142-1585·6
팩스 336-8908
전자우편 chaekjip@naver.com
출판등록 1994년 1월 13일 제10-927호
ⓒ 고정국, 2019

—

ISBN 978-89-7944-677-7 (03810)

그리운 나주평야

고정국 시조선집

책만드는집

부엽토 한 줌

추수를 열흘 앞두고 고개 푹 수그렸던 나주평야 그때 벼 포기들을 떠올려 봅니다. 저들 벼 포기들이 오늘 문득 "음식 솜씨는 상차림에서 나타나지만, 인간 됨됨이는 설거지에서 나타난다"라는 어느 야인의 글귀를 되살려주고 있습니다. 묶어놓은 볏단을 보고 농사꾼 됨됨이를 파악하듯, 마치 나의 작품집을 보면서 인간 또는 시인 됨됨이를 파악하겠다는 독자들의 우회적 화살촉만 같아 멈칫해집니다.

2018년 달력이 나를 불러 세우고는, 조용한 목소리로 삶의 전환점 또는 문학적 변곡점에 다다랐음을 일러주었습니다. 하여 30여 년 써온 작품 중에 단시조 55편, 연시조 52편, 시조 스토리텔링 5편을 골라 선집으로 묶었습니다. 생의 중심부에서 체험했던 아픔의 산물들입니다. 엮고 보니 또 한 번, 타인의 눈처럼 나의 작품에 냉정해질 수 없었음을 통감합니다.

그리운 마놀린! 예나 지금이나 근심스러운 표정으로 세상을 내려다보면서도, 끝내 인간을 포기하지 않으시는 하늘의 손길을 믿습니다. 그토록 거룩한 신의 녹화 사업장에 『그리운 나주평야』라는, 이 덜 삭은 부엽토 한 줌이 자칫 그릇되지 않을까 조심스럽습니다.

2018년 저물녘 소안도 '달뜨는집'에서

고정국

| 차례 |

4 • 서문

1부 꽃 앞에 오므려 앉아

2부　옛날식 비행법으로

3부 　담쟁이 바람벽에

4부   눈처럼 전설처럼

5부 한라산 뻐꾸기

6부   시조로 노래하는 스토리텔링

1부

꽃 앞에 오므려 앉아

싸리

보름째 불볕이다, 애써 물을 아껴야겠다
반쯤 쏠린 바위틈에 반쯤 누운 싸리나무
염천炎天에 하루 한 끼니
싸리꽃이
피었다

작아서 작은 것끼리 작은 고백이 통했을까
배고파야 보인다는 개밥바라기 푸른 눈이
슬픈 듯 쌀쌀맞은 듯
세상 밖에
떠
있다   (2008)

벽화

오로지 붙임성 하나로
불경기에도 살 만하다던

우리 집 담쟁이가
주춤주춤 겨울에 드네

엎디어 절망을 넘던
물렁뼈가 보이네

등 굽은 사다리에 올라
하늘의 필법을 넘보던…

파르르 바람벽에
겨울나는 핏빛 한 점
끊길 듯 세필細筆로 내린

동아줄이

더

춥네　　(2004)

수국

퍼질러 펑펑 울 때가
살아 행복했더니라

다투어 제 숟갈 챙기는
양철 사발 낙숫물 소리

저게 그 흥부네 식구
설거지 소리면
딱
좋겠다

붉으락푸르락 욕설투성이라도
견딜 만하구나 이 세상은

좋아라! 4강 진출이

음주 벌점을 사하였듯이

저게 그 등급이 다 같은
밥사발이면
딱
좋겠다　(2003)

이월 햇살

눈밭에 찔끔찔끔
노루오줌 누다가

덜 녹은 새끼 발자국
까만 발톱 줍다가

갓 쪄낸 햇감자 들고
툇마루로
오르다가,

점박이 꽁무니에
노루 꼬리 달고 온 햇살

조숙한 가시내
혼자 숨겨온 젖꼭지처럼

우리 집 매화 봉오리

어제보다

더 붉다   (2002)

점등

백치白痴가 환하게 웃어야
세상천지는 바뀌는 법

서둘러 봄 앞에 선
반벙어리 우리 집 목련

앞당긴 생일 케이크에
주둥이를
모은다

선천성 빈혈에도
누릴 것은 누리는 봄

다복다복 목련 가지에
형광 전원이 당겨질 쯤

하늘의 탯줄을 빨며

임신 넉 달째

초승이

떴다   (2004)

꽃 앞에 오므려 앉아

아이가 되기 위해
나이를 먹습니다

나이를 먹으면서
어른 옷을 벗습니다

이른 봄 개나리 같은
시 한 줄을
받으려   (2013)

조춘早春

봄은 이레 강아지
실눈 속에 숨어 있다

그 강아지 발바닥만 한
개나리 두어 송이

춘궁春窮의 빈 젖을 빨다가
세상 한 번
보다가   (1999)

노란 손 1

폐농의 텃밭 구석
겨울 넘긴 호박 덩이

치매 노파 저승길에
두고 떠난 보따리를

샛노란 봄볕이 내려와
헤쳐보고
있었다   (2010)

노란 손 2

어느 피조물인들
오고 감에 거저 있으랴

무위도식 전과 7범의
무당벌레 한 마리를

일곱 점 별자리 떼고
훈방 조치
중이다   (2010)

봄비

하늘나라 고관대작의
밀실 서랍에서 슬쩍해 온

수입산 발모 촉진제를
사람 몰래
뿌리는
봄

경칩 녘 대머리 오름
화색 벌써
푸르다   (2002)

황제와 민들레

"가마를 그만 멈춰라,
내릴 곳이 여기로다!"

문득 네로황제가
길에 납작 엎디더니

똥 묻은 민들레 송이에
제
금관을
…
바친다   (2013)

쪼르르 말없음표가

늦도록 불을 켜도 하품 한번 하지 않고
졸린 눈 꾹꾹 참던 우리 예쁜 사루비아가
이 아침 단풍 한 잎을 슬그머니 내리네

힘이 있을 때 물러설 수 있다는 말
물러설 수 있을 때 생존할 수 있다는 말
비로소 아래로 향한 사다리를 보았네

수명 다한 사랑에는 눈물조차 없다는 말
때를 기다린 듯 순순히 열쇠를 반납하는
또 하나 수액이 끊긴 너와 나를 보았네

바싹 마른 손바닥이 손바닥에 또 놓였네
흉터가 흉터를 만나 흉터끼리 쓰다듬는
과거형 속엣말들이 차츰 젖어들었네

낙엽이 화분 위에 시 한 편 남기고 갔네
비로소 금테를 벗은 뉘우침의 낱말 뒤로
쪼르르 말없음표가 한참이나 길었네

(2013, 관찰일기에서)

민들레 행복론

뜰 듯 가라앉고 앉을 듯 다시 뜨는
새끼 새 행보에서 날개 터는 법을 배워
벼랑 끝 민들레 송이가 꽃씨들을 깨울 때

까만색 씨앗 한 알을 낙하산에 묶어놓고
바람아 날 데려가, 바람아 날 데려가!
아득한 착지점까지 바람에게 맡기며

사람이 말을 참아, 사람이 욕심을 참아
정녕 그로 하여 너와 내가 웃는다면,
길섶에 민들레 찾아 그 웃음을 배운다면

빗물만 마시고도 원망 한번 않고 사는
낮은 데 살면서도 웃음 한번 잃지 않는
봄 여름 가을 겨울이 너를 둘러 오리니

하여 민들레 식구 그 행복을 배우리라

빗물 반 그늘 반 멸시 반 배고픔 반

붕 하고 하늘로 뜨는 그 씨앗을 보리니

(2013, 관찰일기에서)

외딴곳 헌화가

폐농의 들녘으로 천하지대본이 무너진다
텅 빈 논밭둑에 소리 없이 쏟아내는
나이 든 방초 무리의 하소연이 묻히고

꽃동네 가까운 곳 할미꽃을 땅에다 묻고
봄이면 봄꽃으로 여름이면 여름꽃으로
연말엔 꽃을 대신해 독촉장만 받더니

추곡 수매 끝난 길에 하얀 발자국이 가네
족적만 보고서도 절름발이를 알 수 있는
꽃잎도 크고 작구나, 하늘하늘 하늘길

꽃과 말이 통하려고 허리 굽혀 사셨구나
함부로 꺾이면서 함부로 밟히던 거기
그 꽃에 꽃을 바치네, 펑펑 눈이 내리네   (2009)

이월의 숲

빙점을 치르고서도 제자리를 지키는 저들
부채꼴 탑을 쌓는 나목들 관습에 따라
제 몫의 하늘을 섬기는 잔뼈들이 보인다

한 곳에 이르기 위해 길 아홉을 버려야 하는
뼈뿐인 잡목 숲은 그대 영혼의 사원이었네
선 채로 참선을 마친 팔다리가 하얗듯

눈을 뜨지 않았어도 이월은 참 귀가 밝아
겨울과 봄 사이 뽀얀 빛이 감도는,
"바스락" 은밀한 처소에 한 쌍 새를 앉힌다   (2010)

쇠별꽃

가까운 곳 살피는 자가
먼 데까지 이르나니

풀 한 포기 아끼는 자가
온 들녘을 가꾸나니

텃밭에 잔별이 내려와
귓속말을
전한다   (2012)

봄의 고자질

뽐내봐야 사람들이란
삼류三流 속으로 흐르고 만다는…

쫑알쫑알 종달새 녀석
인간사를 눈치챘는지

하늘로 너절한 소식
종일 고해
바친다   (1999)

바람꽃

바람이 꽃 속에 들면
그건 바람이 아니었네

그곳에 숨을 죽이면
그건 곧 사랑이었네

그리고 꽃잎이 지면
다시
바람이었네　　(2018)

안개꽃

아무리 둘을 합쳐도
하나가 되지 못한

하나만 따로 앉혀도
하나가 되지 못한

우리는 소수점 이하
그런
사랑이었어   (2009)

오동꽃

의자왕이 아끼시던
오동꽃 삼천 궁녀

아득히 낙화암에
다툼 없이 몸을 던지던

맨 나중 속치마 자락이
내 창에 와
내리네   (2014)

민들레로 내리시어

앉은뱅이 들꽃 위에
들새 똥이 떨어져 있다

초파일 절간 동네
야단법석을 모르는 부처

배시시 똥 묻은 대궁에
푼수처럼
웃으셔   (1997)

2부

옛날식 비행법으로

신발 한 짝

한 운명을 싣고 돌아온 또 하나 운명이 멎다
닻줄조차 반납해버린 무 톤급 전마선 한 척
하반신 물속에 담근 채
돌을 베고 누워 있다

폐선 밑바닥에 바다 한쪽이 들어와 산다
그 바다 한가운데 하늘 한쪽이 내려와 살고
열아홉 어부의 딸 같은
낮달 잠시 머물다 간다

세상에 피를 바치고 세상 밖으로 버려진 것들
노을 녘 바닷길을 저벅저벅 걸어 나왔을
잡부의 신발 한 짝이
폐선처럼 마르고 있었다   (2008)

슬리퍼의 길

야간 보도블록 위에 슬리퍼가 누워 있다
등 쪽에 끈이 뜯겨 밤을 가다 뚝 끊긴 길
신과 발 그리고 길이 이쯤에서 멈췄다

뜯긴 신발 두고 맨발로 걸어갔을
그 착한 발바닥이 주인 맘을 알아보고
기우뚱 갸우뚱하며 주인 업고 갔을 밤

신과 발의 만남… 완벽했던 인연의 길
신은 발을 잃고 발은 또 신을 잃고
맨발로 주인을 보내고 신과 길만 남아서

한생을 마르고 닳도록 섬겨오던 서민의 발
외국인 근로자일까, 까만 발등을 쓰다듬던
발보다 더 아픈 신발이 제 운명을 다한 날

참 딱도 하다, 유기된 슬리퍼 두 짝

발자국 다 지우고서야 비로소 길이 되는

밤길을 아프게 걸었을 그 맨발이 보인다　(2013)

꿈 또는 나이 듦에 대하여

산산조각 나기 위해 만 리 길을 달려온 파도
그 파도 기다리다 제가 먼저 부서져 버린
북제주 해안도로엔
그런 것들만
모여서 산다

기다림 뉘우침 안타까움 따위의
명사형 바위들이 추억의 형상을 하고
앉은 채 나이만 먹는
그런 것들만
모여서 산다

속은 게지, 꿈엔 정녕 뿌리가 없다는 것을!
이 기나긴 비수기의 파도에게 전해 듣는
겨울철 내 가슴에도
그런 것들만

모여서
산다   (2009)

독 짓는 늙은이처럼

물불 마다 않고 여기까지 왔습니다
땅만큼 하늘만큼 우여곡절을 다스려온
부처님 이목구비의
옹기 한 점
뵙습니다

만삭의 항아리를 밤새도록 쓰다듬으며
뜨겁던 열 손가락 지문까지 물려받은
또 한 점 검붉은 살갗이
독신처럼
늙습니다

당신의 손바닥엔 바보들만 산다지요
목 짧은 토우土偶들의 분절 없는 아우성 속에
늦도록 옹기를 굽는
조선 노을이
서럽습니다   (2007)

옛날식 비행법으로

혼자 마이크 잡고 인생 육십 다 불렀지
물불에 맞짱 뜨다 삼도화상 입은 노래
폐부에 남은 화기로
또 한 밤을 태웠지

관절염 절뚝이며 길은 또 내게로 왔어
생의 하향 곡선에서 불을 찾는 불나비처럼
자꾸만 열한 시 방향에
상반신이 기울고

노형동 불빛들이 그림자 하나씩 내리고 있을 때
타협 없이 살아왔다는 불나비 한 마리가
옛날식 비행법으로
창을 쾅쾅
치고 있었지   (2008)

정오의 시

문득 개화를 알리는
사이렌 소리가
멎는
순간

사람과 꽃송이 사이로 그림자 하나가 지나갔다

아 지금 내 생의 정점에
자오선이
지나고
있다   (2007)

강아지풀

바람의 분량만큼
허리 굽혀 살아온 그대

묻지도 않는 말에
고분고분 답하는
그대

아무 일, 아무 일 없다며
눈물 꼭꼭
삼키는
…
그대   (2000)

난蘭의 소등消燈 4

꽃들도 제 무게만 한
비밀 하나쯤
있을 거다

살기 위해 남기 위해
거짓 증서에 도장을 찍던…

벌 나비, 바람도 모르는
그런 비밀이
있을
거다   (2009)

포괄적 접근법으로

날개만 달고 있으면
다 새라고 생각했다

치마만 입고 있으면
다 여자라 생각했다

꼬리만 치고 있으면
다 개라
여기면서   (2013)

선線의 침묵

오늘 다시 넘는구나,
넘어서는 안 될 선을

눈 오는 날을 골라
수평선 허무는 배

등 돌린 말없음표가
점 점 점 점
흐리다   (2007)

라면의 힘

그때 눈송이는 찐빵처럼 따뜻했지
창백한 불빛들이 창백해서 더 고왔고
나지막 처마 밑에선 굴뚝새가 울었지

파르르 하루 한 끼니 배고팠던 겨울 국화
누렇게 라면 반쪽 자취생 그 골목에서
'손창섭 「잉여인간」'이 함께 살고 있었지

꼬이는 듯 풀리는 듯 라면 냄비 같은 인생
살짝 곰보 곱슬머리 펜팔 소녀 사진에처럼
동그란 동국 송이가 냄비 속에 웃을 때

허기의 힘 고난의 힘, 반역의 힘, 라면의 힘!
잘 가라 끓는 피여, 눈물 젖은 길들이여
하얗게 십구공탄은 불면증에 타는데…   (2008)

풀밭에 풀처럼 살다가

바람이 동에서 불면 우리 마을엔 비가 왔지
비 오면 풀뿌리가 땅을 바짝 움켜쥐고
머리채 다 뽑히도록 기를 쓰고 버텼지

바랭이는 바랭이대로 엉겅퀴는 엉겅퀴대로
독초는 독초대로 약초는 약초대로
하늘이 허락한 만큼 제자리를 지키며

신음은 있었지만 풀은 결코 울지 않았네
눕는 시늉 하지만 풀은 결코 눕지 않았네
슬퍼도 아침이 오면 눈물 금세 거두며

농사도 짓지 않고 김수영은 「풀」을 썼네
18행 147자를 단숨에 쓴 것 같은
일년생 풀 같은 시가 한 백 년을 사는 땅

이제 풀 가까이 눈높이를 낮추리라

초록 물 뚝뚝 지는 그런 시를 가꾸리라

풀밭에 풀처럼 살다가 詩만 두고 가리라   (2013)

달의 길

새들이 머물다 간 내 창가 비자나무에
그림자도 남기지 않고 외눈박이 달이 와서
하얀색 깃털 하나를 남겨두고 갔느니

한참 먼 것 같지만 사람이면 걸어왔을
아픔이 큰 것 같지만 사람이면 견뎌왔을
닳도록 부르튼 길이 서쪽으로 기울어

누구나 발설할 수 없는 한마디는 있는 거다
보름은 땅속에서 보름은 땅 위를 흘러
묵언의 마스크에다 가위표를 긋고서

이제는 인사 없이 오고 가는 사이가 됐지
그대에게 빼앗긴 밤이 창에 몰래 찾아와서
가끔씩 새벽 고양이 울음 놓고 가듯이   (2009)

마라도 노을

오늘 이 해역을 누가 혼자서 떠나는갑다
연일 흉어에 지친 마지막 투망을 남겨둔 채
섬보다 더 늙은 어부
질긴 심줄이 풀렸는갑다

이윽고 섬을 가뒀던 수평선 태반 열어놓고
남단의 어족을 다스린 지느러미를 순순히 펴며
바다는 한 척 폐선을
하늘길로 띄우나니,

우리가 잔술 내리고 노을 앞에 입을 다물 때
수장水葬을 치러낸 바다가 무릎께 와 흐느끼고
까맣게 타버린 섬이
다시 촛대를 일으킨다   (1992)

왜가리 사냥법으로

쭉 펴면 하늘이고 내리면 바다가 되는
물끄러미, 물끄러미 수평선만 바라보며
외톨이 왜가리 녀석이 조간대에 산단다

바위를 쓰다듬는 노을 녘의 밀물처럼
"악법도 법"이라는 사냥법을 펼치면서
반백의 소크라테스도 제주에 와 산다지

느린 듯 어리석은 듯 난세에서 배워 익힌
재래식 사냥 기법의 딱 한 발짝 거리에서
물속에 거꾸로 비친 제 반쪽을 쪼는 새

먹이를 따르려 말고 먹이가 너를 따르게 하라
고요히 파문 짓는 그 오랜 사유 끝에
부리 끝 파닥거리는 詩 한 점을 건졌네   (2011)

방울꽃

여인의 눈물방울엔
하늘 한 뼘
숨어 있었네

아이들 눈물방울엔
하늘 두 뼘이
숨어 있었네

어버이 눈물방울은
온통
하늘이셨네   (2015)

매화 무렵

꽃 전문 일류 시인이
가슴으로 시 쓴다기에

젖꼭지에 먹물 바르며
시조 한 편 써낸 아침

홍매화 가지 끝에도
피가
맺혀 있었다   (2011)

차라리 붓을 내리고

건성건성 지나쳐도
한 치 어긋남이 없는

휘파람새 목소리가
시보다도 고운 날

차라리 붓을 내리고
오월 숲에
들거나　(2014)

붓꽃

세 차례 시집을 내도
독자들은 침묵했다

네 번째도 등을 돌린
이 땅 풀꽃이 야속도 하여

붓 대신 무릎을 꺾고
꽃 앞에서
울었다   (2003)

아껴 살기

숲이 나무를 아끼고
산이 숲을 아끼듯

바람이 숲으로 들어
숨소리를 낮추듯

천당과 지옥을 두고
하늘이
말을 아끼듯   (2014)

수평선의 존댓말

좋은 책 좋은 스승은
가둬놓지 않습니다

좋은 길 좋은 율법은
가로막지 않습니다

곳곳에 섬을 앉히고
등댓불을
비출
…
뿐   (2018)

3부

담쟁이 바람벽에

밤비

취객의 혼잣말처럼 깊은 밤에 오시는 비
하나 둘 불경기의 간판 불이 꺼지면서
양순한 우산 하나가
젖은 밤을 펴 들 때

말소리 숨소리, 조심성 참 많은 밤비
슬픔의 잔가지에 대롱대롱 맺힌 봄이
이제나 저제나 하다
목덜미를 깨운다

문득 그 자리에 올려다본 까만 하늘
사랑을 모르고 산 어둠의 살갗들이
순순히 악역을 풀고
밤을 속삭이잔다   (2014)

구월

볕살이 눈치 슬슬 꼬리 내리는 비포장길
복날을 겨우 넘긴 똥개들의 머리를 쓸며
황록색 춘추복 입고
매부 오듯
구월이 오네

길섶 강아지풀이 늘 배고픈 한국의 구월
물난리 도열병 씨름도 이쯤 해서 허리를 펴면
새참 술 논두렁 위에
허수아비 콧등이 붉고

팔순을 자로 잰 듯 굽힌 만큼 파먹고 살던
굽은 등 자벌레 노인이 요양원에 실려 간 지금
수확기 한 달을 넘긴
끝물 고추가
서럽게 탄다   (2002)

담쟁이 바람벽에

애써 벽을 넘고 다시 벽에 갇히리라
하루 한 번 갇히고 하루 한 번 탈옥하는,
저들은 절망 앞에서 사다리를 버린다

한 뼘 오르기 위해 두 뼘씩 낮추는 버릇
담쟁이 초록 연대가 머물다 간 바람벽엔
선천성 외유내강의 육필 획이 흐르고

앞에서 길을 열고 뒤에서 어둠을 쓸며
낙지 보법 하나만으로 산전수전 건너온 그대
외고집 갑골문자엔 마침표가 없었네   (2011)

높다랗게

아름에 안고 싶어 아름답다 하는 얼굴
노랑머리 환한 미소 눈이 약간 작았지만
떨어진 모든 꽃 중에 저 한 송이 남아서

하루에 딱 하나씩 모서리를 지우리라
생의 벼랑에서 작심 하나를 깊게 품은
창백한 임의 행적이 고공에서 외로워

이제 그 은장도는 무딜 만큼 무뎠으리
비우면 채우는 법, 채우면 또 비우면서
웬만한 억새 머리도 그 앞에선 숙였지

그믐날 대숲에서 달을 찾던 고양이 소리
"야옹야옹" 그 소리가 달의 목소리였음을
달 가고 소리만 남아 나의 밤을 밝혔지

팔월 보름이면 꼭대기에 올라와서
양팔 아름 가득 흡월吸月하는 도두 바다
그리던 노른자위가 높다랗게 떠 있다   (2013)

섬의 소멸

노을 앞에 선다는 건 속울음을 삭이는 일
피 섞인 아우성으로 분절 없는 아우성으로
수장을 치러낸 바다가
수평선을 닫을 때

겹겹이 둘러싸인 경계선을 다 지우고
먼저 간 술친구의 눈시울도 다 지우고
만종도 파장도 없이
섬이 혼자 저무네

당초 득음得音이란 제 목청을 버리는 것
눈 감아야 보인다는 개밥바라기 막내 별이
까맣게 타버린 해역에
글썽이고
있었네   (2017)

붉은 지평선

몰랐네, 만종 소리엔
지평선이 운다는 것을

몰랐네, 밥 먹고 살아도
벼에 귀가 있다는 것을

몰랐네, 땅 딛고 살아도
저 논밭의
평등
평화를…   (2005)

부처와 은행나무

나무도 성불成佛한다는
시월상달 운문사雲門寺 가면

일제히 날개를 접는
수천수만의
나비
　　나비

부처가 맨발로 내려와
대웅전 마당을
쓸고
있었네　　(2009)

78

파계破戒

암자를 빠져나가
보름째 연락이 끊긴

눈이 큰 비구승을
쏙 빼닮은 딱따구리가

또르르 오색 목탁을
돌계단에
던진다   (2004)

패러디 인 서울 9
－교회 정문 풍경

주일마다
헌금하라며
저금통을 넘보시던

"하느님, 아니 큰삼촌 용돈 좀 주십시오!"

민들레 제 동생이랑
철문 밖에
피었다   (2001)

뱀의 계명 15

네 꼬리를 짧게 하고
털끝 하나 남기지 마라

통째로 삼키는 법
통째로 삭이는 법

세상에 어느 것 하나
버릴 것이
없나니   (2008)

개망초

'망초'로도 모자라서
'개망초'란 이름이네

한일합방 망한 나라
그 강산에 찾아들어

참말로 개 같은 세월,
우리 함께
울었지   (2013)

겨울 다도해

다도해 겨울 뱃길엔 헐벗은 것들만 남아 있다
낯익은 피붙이들이 낮게 깃든 그 해역엔
섬진강 하혈下血이 번져
하늘 끝도 붉었더라

섬 비탈 늙은 해송 지쳐 늘어진 가지 위엔
장모님 낙심같이 한밤 내 눈이 쌓이고
가난은 남도 처갓집
불빛으로 뜨고나

영산강 낙동강 물이 가슴 풀고 울었던 밤
떠돌다 지친 섬들이 불을 켠 채 잠이 들고
바람 잘 새벽녘에야
윗목으로 드는 바다   (1988)

그리운 나주평야

호남 그쪽에서 이재창 시인을 만나
저물녘 한잔 술에 붉게 물든 나주평야
시인은 소식이 끊겨도 시는 붉게 남는걸

벼가 고개 숙일 쯤엔 주인 발소릴 알아듣고
오늘은 어느 구절 시 한 점을 바칠까 하고
골똘히 아주 골똘히 귀를 열고 있을 때

땅에 바짝 귀를 대면 우렁우렁 하늘의 소리
하늘과 땅 사이에 울음 우는 모든 것들이
저마다 각을 지우고 만종晩鐘 곁에 실리던

추수를 열흘 앞둔⋯ 나주평야 저만 같아라
하늘이 허락하신 그 높이로 키를 낮춘
칠천만 벼 포기들이 다툼 없이 사는 곳   (2003)

이사 철에 내리는 눈

높은 곳 까치집에 함박눈이 내리네
사글세 전세살이가 만만찮은 이 겨울날
이사 철 열흘 앞두고 까치들이 바쁘고

눈 오고 바람 부는 어제 그 귀갓길에
헐벗은 가지 사이 서까래가 다 드러난
드높은 까치 둥지가 바람 앞에 놓였고

살아 열 번 넘게 이삿짐을 싸야 했던…
주름진 보따리에 고사리손을 비비며
"이번엔 어디로 가요?" 아이들이 물었지

수목원 저물녘엔 노숙자들 몰려오네
이 나무엔 까치 떼가, 저 나무엔 직박구리
새들이 누울 자리에 눈송이도 내리네   (2011)

85

굴뚝새

당초 너의 길은 낮은 데로 뚫렸어라
흉흉한 돌담 뿌리 해거름이 서러운 날
채석장 아득히 오는
정釘 소리로 우는 새야

살아도 막장 같은 굴뚝이나 후비는 짓
대쪽 같은 목소리 담벼락에 찢겨나고
피 묻은 시어만 흘리는
날갯짓 그 행적이여

한 생애 절반쯤은 누명 쓰고 사는 세상
시인은 언제부터 굴뚝새를 닮았던가
추녀 밑 배고픈 일월에
돌이끼만 쪼아라   (1988)

고추잠자리

고추를 고추장에 찍어도
한국 시월은
맵지 않았네

맨발로 종일을 걸어도
시월 들길엔
아프지 않았네

차 시간 일 분을 남기고
울지 않던 그대가
…
미웠네   (2008)

길

한세상 사는 것이
다 길이라 하는 것을
물빛 글썽이는
산만 보고 가노라면
세월은 지름길로 와서
억새꽃을 피웠네

노을 녘 산마루엔
하늘만 한 뉘우침이
웃자란 억새밭에
하얗게 눕던 날은
길 잃은 조랑말 한 마리
산을 향해 울었다

반평생 굽잇길을
먼발치로 따라와서

때로는 이마 섶에

주린 듯 돋는 별빛

그 순명順命 비포장길에서

삐걱이는 내 수레여　　(1987)

밤에 우는 것들에 대하여 7

−그리운 귀뚜라미

짜릿짜릿 초아흐레
열아홉 살
달님이 뜨면

달빛에 감전된 풀들이
반금속성 소리로 울었고

잠결에 파고들어 와
갈비뼈 하나를
조르던
녀석   (2002)

가을 다큐 38

칠 할이 거짓이라야
먹고살 수 있다는 세상

떠날 때 임박해서야
제 속내를 연다 했지

가만히 발밑에 다가와
귀뚜라미
운다야   (2013)

가을 다큐 39

－백 원 줍다

카드 연체 막으려고
은행으로 가는 도중

보도블록 뒤쪽에서
반말 투로 부르는 소리

폭 늙은 민들레 송이가
백 원 보태
쓰란다   (2013)

가을 다큐 43

연밥을 부둥켜안고
연못 속에 익는 가을

여인은 핸드폰으로
그 가을을 찍는가 하면

그 건너 눈물 흘리는
긴 통화도
있었네   (2013)

4부

눈처럼 전설처럼

눈처럼 전설처럼

백색 유언비어가 점차로 남하하던
영하권 한반도에 통금령이 선포되면서
하얗게 낙하산 부대가
쏟아지던 무렵에

음매음매 송아지가 하늘을 향해 울고
산 채로 수만 마리씩 매몰 처리 됐다는 등
구제역 한우 단지엔
붉은 눈이 내렸다지

한우 암소 눈시울에 잠 설치던 삼면의 바다
추울수록 김이 솟는 서해바다 체온 속으로
꽁꽁 언 군홧발들이
벗겨지고 있었지   (2013)

사월의 힘

봄의 칠삭둥이
고사리도 추운 들녘

아프도록 지표를 뚫는
첫 분만의 싹들 앞에

하늘도 정색을 하고
그늘 반쪽
거두시네

"어둠이 깊었던 만큼
네 후손은 행복하리라"

그 후손의 후손들까지
허리 한번 펴보지 못한

음지쪽 청미래덩굴의

붉은 역모를

다시금

보네   (2005)

고추 말리기

새빨간 거짓말 앞에
고추만큼 열 받는 그들

연타로 물난리 치른
유기농 채마밭에

늦도록 거꾸로 매달려
"반일, 반미!" 외치던
그들

천리강산 다 돌아도
함께 묻힐 묘역이 없네

설 자리 앉을 자리
피를 나누던 고추잠자리

저들도 날개를 버리고

우리 멍석에

누워 있네   (2004)

새벽의 시

발 딛는 자리에서
뽀득뽀득 일어서는

새벽 서릿발이
내 정신의 안부를 묻네

다 태운 촛농 너머로
금식 팻말의
산정山頂을 보네

바람이 노송을 만나
천년 득음의 한을 풀듯

안개가 첨봉尖峰을 섬겨
만년설빙의 반열에 오르듯

물 맺힌 찔레 가지에

한 줄 詩가

빛나고 있었네   (1994)

입산 금지 구역에서

어제는 구름 덮고 오늘은 백설이네
올겨울엔 단 한시도 얼굴 보인 적이 없네
자꾸만 뭔가를 감추는 그 안색이 역력해

등산의 자국은 있되 하산의 흔적이 없어
폐기된 등고선엔 팻말조차 지워지고
오늘은 '입산 금지'가 초병처럼 서 있다

눈 올 땐 산들조차 털갈이가 한창이다
인가 쪽 향해 가는 초식동물 무리처럼
멈춰 선 등고선마다 콧김들을 뿜으며

억새밭 휘휘 돌아 산정으로 치닫는 바람
중턱에 동면 중인 초목들을 불러 깨우며
세상에 불만이 많은 구름들이 몰리고

설산을 바라보는 시선들이 다 멈춘 곳
기암 적송들이 "우지끈" 눈을 부릴 때
서북벽 오백나한의 하얀 뿔도 보였다   (2012)

길 뜨던 낙엽 한 장이

초겨울 보도블록에
반나체로 밟히는
소녀

바람이 흘리고 간
원조교제 광고 전단을

길 뜨던 낙엽 한 장이
덮어주고
있었다   (2004)

일몰의 시

한창 나이 꽃송이가
용광로 속으로 녹아들 때

잘 먹고 잘 산 자들이
오래
입을 다물더니

차고 온 챔피언 벨트를
그곳에다
던진다   (2013)

저만 호경기란다

−아니 '不' 자

불행不幸 불륜不倫 불신不信 불안不安

연일 혼자 바쁜 친구

불법不法한 일 많은 나라

불평불만不平不滿 많은 사람들

기나긴 불경기不景氣에도

저만

호경기好景氣란다   (2013)

108

소나기

가끔은 도시 전체를
싹 쓸어버리고 싶은…

내가 하늘이었어도
그런 생각은 품었을 거야

저 거친 싸리비질만 봐도
세상 절반은
쓰레긴
거야   (2000)

엉겅퀴 2

쉽사리 야생의 꽃은
무릎 꿇지 않는다

빗물만 마시며 키운
그대 깡마른
반골의
뼈

식민지 풀 죽은 토양에
혼자 죽창을
깎고
있다   (1998)

깃발

천 년을 나부끼고도 접지 못한 상소上訴가 있어
뿔뿔이 초야에 묻힌 강골들을 깨우며
오늘도 천千의 목청을 바람길로 고하는 이

마지막 밀실 섭정의 소리 없는 타박을 견디며
피 묻은 돌멩이가 먼 신전의 종을 칠 때
하나 둘 황실을 둘러 꽃송이는 비명에 갔다

스스로 깃발 든 자 성한 육신이 있었더냐
바람 부는 날을 골라 그대 뜻으로 펄럭이던
천추에 대껴온 절개가 종탑 너머 빛난다

하얗게 힘 겨루던 천파만파가 그 아래 엎디고
꼿꼿이 뼈만 남은 흑백 초상의 짧은 기척
초목도 기립 자세로 푸른 뜻을 모은다   (2002)

유월의 시

　－미선이 효순이 부르며

간절한 촛불 앞에선 바람도 키질을 삼간다더라
삼보일배 이보일배 일보일배도 모자라서
하얗게 색소가 빠진
들꽃들만 남은 지금

어린 손 천 번을 모으면 하늘도 생각이 바뀌실까
열네 살 뻘기꽃들이 촛불 하나씩 켜 들고
미선이 효순이 부르며
마을 쪽으로 가고 있다

잠 설친 수국 꽃잎에 눈물방울이 푸른 아침
목발 짚은 사내가 꽃 위에 꽃을 얹네,
미안타, 미안타 하며
절뚝절뚝
유월이 가네　　(2004)

백록을 기다리며

해발고도 높아질수록 나무들은 진솔했다
한두 개 명치에 박힌 상처 자국을 내보이며
낮은 키 낙엽수들이 내게 옷을 벗으란다

비정규직 일터 같은 한겨울 이 잡목 숲
관목들 등골이 휜 성판악 등산로 따라
한때 그 위풍 떨쳤던 잔해들이 보이고

지엔피 이만 불입네, 시인들도 다 뜬 지금
어느새 나의 글에 기름기가 끼었다며
뼈뿐인 박달나무가 궁체 붓을 세운다

더 큰 만남을 위해 어둠을 깊게 하라
빽빽한 설산에서 제 뿔이 하얗도록
묵묵히 백록을 기다린 초목들이 고마워   (2003)

목련 네가 그립다

배가 살짝 고파야 시 쓰기도 편하다며
싱겁게 키만 키워 나의 창을 엿보던 친구
키다리 목련나무가 발가벗고 서 있다

가지가 높아져야 생각도 높다 했지
그 가지 눈높이에 송이송이 피워 올린
순백의 시의 세상이 죽기 전에 있을까

다투어 필 때보다 질 때서야 말문을 여는
꽃의 유언 받아 쓰던 시인들도 꽃처럼 가고
나 여기 목련을 기다려 추운 밤을 새운단다

송이송이 필 때처럼 송이송이 낙화를 보며
비에 지는 꽃에서 투쟁의 봄을 점치던 시인
시보다 꽃이 아팠네, 이른 봄에 지던 꽃

빼앗긴 그대 하늘에 목련이 다시 올까
목련 없는 마당에도 봄이 성큼 다시 올까
어둠도 겨울도 깊구나, 목련 네가 그립다   (2011)

일회용 날개를 달고

길 위에 눈이 와도 소실점은 따뜻했다
아득히 점선을 따라온 기러기의 행렬처럼
양순한 눈송이들이
줄을 지어
내리고

일회용 날개를 달고 참 멀리도 날아온 저들
저들은 저들대로 오르내리는 길 있었네
하반신 천상에 둔 채
그리움만
품고서

착지점 서성이던 한 점 눈송이가
해안도로 차창 틈을 조심조심 비집고 와서
따뜻한 종이컵 속에
가만 눈을
감던 날   (2010)

스며들기

맨발로 눈이 온다, 너와 나의 경계를 넘어
살갗이 살갗을 허물며 봄을 잉태하는 겨울
나무도 잎을 내리고 내 곁에 와 섰구나

외로운 손바닥 위에 온몸으로 녹아들기
소리 없는 발길 앞에 소리 없는 내 사랑이여
사랑이 그런 거였네, 제가 먼저 녹는 거

까마득 까마득한 허공에서 맴돌다가
그대 위해 목숨 버리고 눈으로 화한 혼백
사람의 온기를 찾아 여기 내려왔으니

아픈 자여, 그 곁에서 아프게 했던 자여
이제 다 맨발로 내려와 저 눈 속에 함께 서자
우리의 국경선에도 눈이 오고 있으니   (2012)

겨울 철새 3

올해도 흉흉해진
인가 곁을 빠져나와

산번지 누울 자리에
낮게 우는 굴뚝새야

사글세 한해살이가
쌓여 사십 고개란다   (1988)

겨울 철새 5

눈 오면 인가로 가랴
그리우면 물가로 가랴

알맞게 헐벗을 때
되레 정이 깊었던 산하山河

물빛 밴 시어나 몇 점
산창 밖에
흘리며
가랴   (1988)

기러기

등 돌린 민심쯤은
노안老眼에도 다 보인다

날갯짓 가물가물
울상 짓는 저 하늘가

야박한 백성들처럼

끼리

　　끼리

가누나　　(2011)

낙화유수

원성의 높이만큼
노을은 타오르고

4대강 수심 깊이로
근심스레 저무는 하늘

으깨진 꽃 한 송이가
그 강물에
떠
있다   (2010)

까치집

천명天命을 어겼던 게
사람만은 아닌 것 같다

다투어 권좌 가까이
부귀영화를 조르던
저들

휑하니 몰락한 둥지가
역광에도
보인다　　(2011)

밤꽃도 손을 모으고

빨갛게 양팔 간격
십자가가 벌을 선다

깊은 밤 고단한 도시에
죗값으로 못이 박힌…

밤꽃도 손을 모으고
그를 향해
서
있다　　(2015)

남 말하듯

먼 데서 바라보면
지옥도 천당 같다

강 건너 불을 보면
불난 집이 꽃송이 같다

그렇게 나는 그렇게
남 말하듯
산단다   (2013)

5부

한라산 뻐꾸기

내 고향 봄 바다엔

겨우내 윗목에 누워 뒤척이던 고향 바다
봄은 그 머리맡으로 양은 대야를 끌어당기며
어젯밤 잠 설친 돌섬의 젖은 이마를 쓸고 있다

푸근히 뜸잠결에 안개꽃 봄눈이 와서
포물선 물마루 끝이 하늘 자락에 허물어지면
아득히 옥돔 어장에 등을 켜는 풍란 한 촉

아직도 가슴에 남은 흉터 하나를 어쩌지 못해
세월의 뒤켠에 숨어 떠난 자를 그리워하던
섬 비탈 토종 동백도 눈시울을 붉힐 때

바다가 봄 이불 펴고 남녘 창을 열어둔 까닭
돌아오라 사람아, 저 치잣빛 수로를 저어
위미리 낮은 방파제 초록 등도 켜리라   (1990)

일출봉 해돋이

몇 밤을 뒤척이다
섬을 베고 누운 바다

홀연 내 역마살이
바닷새로 깃을 펴면

치잣빛 빈 수반 위로
차오르던
남녘 아침

동편 수평 가득
돛폭을 거느리고

팔방으로 눈을 뜨는
저 당찬 처녀 햇살

잘 빚은 와인 한 잔이

아침 창에

놓인다   (1985)

한라산 뻐꾸기

한라산 잡목 숲에 텃새 한 마리 숨어 산다
외가댁 대물림에 늙어서도 목청이 고운
사삼 때 청상이 됐던 올해 칠순 이모가 산다

산이 산을 막고 무심이 무심을 불러
해마다 뻐꾸기 소리 제삼자처럼 듣고 있지만
이모님 원통한 숲엔 오뉴월 서리도 내렸으리

반백 년 나앉은 산은 등신처럼 말이 없고
"꺼걱꾹, 꺼꾹 꺼꾹" 숨어 우는 우리 이모
간곡히 제주 사투리로 되레 나를 타이르시네   (1990)

마라도

까맣게 한 세월을 수평 끝만 적시면서
사무친 회귀의 꿈에 저 홀로 야위는 섬
하늘도 이곳에 와선
뭍으로만 기우네

뭍 소식 섭섭한 날은 바다마저 돌아눕고
파랑도 가는 뱃길에 잠겨버린 무적霧笛 소리
마파람 보채는 이 밤도
불을 끄지 못하네

차라리 외로운 날은 마라도에 가 앉으리
한 점 피붙이로 빈 해역만 떠돌다가
남단 끝 선명히 찍히는
낙관落款으로 앉으리   (1987)

참 착한 초식동물이
–우도*

바다의 이목구비가 노을 녘엔 부처입니다
말끔히 닦아낸 시월 하늘 유리창 안으로
닳아서 둥글납작한 섬이 와서 눕습니다

바람이 모이는 곳에 파도들이 눕습니다
초록 뿔 모서리를 수평선상에 올려놓고
늦도록 지글거리며 소라들이 익습니다

한우 암소 머리에서 살짝 스치는 파래 향기
봄 여름 가을 겨울 한곳에서 풀을 뜯던
참 착한 초식동물이 풀을 깔고 눕습니다

신새벽 달빛 밖으로 방생했던 고깃배들
순화된 그리움으로 노을 뱃길을 저어 와서
희디흰 지느러미를 포구에 와 접습니다

뿔 달린 짐승들은 피 냄새를 모른다지요
불가근불가원 딱 그만한 간격을 두고
초식성 사랑만 나누는 섬이 거기 산답니다   (2011)

* 소섬 : 제주도 맨 동쪽에 있는 섬.

노을 산

날마다 내 안에서 잠든 나를 깨우는 산
노을 녘 길을 내려와 창을 슬쩍 붉히는 산
그 창에 그와 노닐던
별만 남겨두고서

진실을 찾는 길엔 늘 맨발이었던 산
들꽃 바람 타이르고 사람들을 타이르고
비로소 비탈진 길이
내 속에 와 눕습니다

한 계단 내려서면 산도 한 발 내려서고
시 한 편 쓰고 나면 그 시 받아 품으시고는
아무런 표정도 없이
구름 속에 드는 산

"고향엔 언제 오냐?" 나직해서 붉은 미소

당신의 보자기에 노을 듬뿍 받으시고

비로소 내 가슴속에

그가 와서 삽니다   (2013)

그녀

바라만 보고서도
깊어질 수 있다 그랬지

눈물 자국 말끔히 씻긴
장맛비 한 달 만에

불 끄자 사뿐히 건너와
머리맡에 웃는
...

달   (1985)

삼십 초에 쓴 시
-어떤 충만

비 그치자 풀벌레 소리
석 섬 분량이 쏟아진다

물에 불린 만월滿月이
산창 밖에 떠오른다

천지간 백금 가루가
만석쯤은
쌓인다   (2005)

설~마?

잘 익은 귤을 깔 때
실크 팬티 벗는 소리

일란성 열 쌍둥이
단물 쪽쪽
빠는 소리

오늘도 샛노란 팬티를
열둘이나
벗겼다   (2013)

홍시

바로 이 맛이야,
한평생 우려낸 맛!

저처럼 나도 익어
잘 익은 詩를 낳아

뜨겁게 빨간 입술로
빨려들고
싶어라   (2008)

곡괭이

사람과 사람 사이 터널 하나 뚫으며 산다
살아서 단 한 차례 무른 곳을 범치 않았던
눈 하나 송곳니 하나
뜻 하나만 지니고 산다

더 깊이 이르기 위해 아낌없이 몸을 깎지만
깎을수록 부릅뜨는 저 표독의 모서리 하나
완강히 잔을 거부한
오기뿐인 목숨 하나

지상에 헤프게 지는 꽃잎들을 헤아리며
사람은 눈물이 남아 서정시를 읊고 있지만
저 혼자 막장을 향해
생이마를 찧는 이여

마침내 그대 영토에 희디흰 뼈를 꽂으리라

살아 천년 죽어 천년, 백록담 빙벽에 똬리를 튼

근성의 노가리나무

그 필법에 따르며   (1993)

바다 올레 3

올레길 이정표엔 목적지가 따로 없어
구부정 화살표 따라 걷고 또 걷다 보면
돌아와 다시 그 자리
내가 길이 되는 길

바다 올레길에 떠밀려 와 마르는 것들
떠돌이 인연들이 떠돌다 만나듯이
하얗게 바랜 언어가
조간대에 놓이고

갈 때 안 보이다 돌아올 때 만나게 되는
머리 큰 형상석이 여기저기 일어서고
부러진 노 한 자루가
돌 위에서 마른다

한 발 두 발 쌓이다가 파도에 씻기고 마는

그 숱한 발자국이 길이 될까 바다가 될까
애매한 화살표 하나가
섬 쪽으로 향하고

섬을 바라보면 섬이 나를 바라보고
넌지시 말을 걸면 눈빛으로 대답하는
내 안의 초록 섬 하나가
올레 끝에 놓인다   (2013)

달 따기

오늘 밤 연화지에 노란 달을 따러 가자
열이레 낙과 직전의 홍시처럼 잘 익은 달
가만히 연잎을 헤쳐 물속 달을 건지자

불과 하루 만에 핼쑥하게 야윈 저 달
구름에 숨었다가 연잎 뒤에 숨었다가
절반쯤 마음이 들킨 그대 마음이리니

연못에 돌을 던져 파문 짓는 여심처럼
살짝 흔들릴 때 눈매 고운 여심처럼
보얗게 분칠을 하고 내 앞에서 흔드네

만추의 연못에서 정면으로 마주친 달
달도 이 계절엔 사람 하나 만나고 싶어
열 길 속 이심전심이 수면 위에 떠올라

더 늦기 전에 그믐밤이 가기 전에
반쯤 부서지고 반쯤 녹아내리자고
하늘땅 그만큼에서 야위고만 있었지　　(2013)

내 친구 돌고래

그래, 동해바다 새까맣던 돌고래 떼
왕년의 갑판수병 내가 다시 만나러 간다
여태 쓴 바다의 시를 아름 가득 안고서

아직도 내 얼굴은 바다처럼 검푸르고
아직도 내 가슴엔 지느러밀 깔고 사는
그때 그 돌고래 한 마리 나이 들어 있느니

"물알로-! 물알로-!" 자맥질이 한창이던
내 고향 해녀들을 보살피던 그 돌고래
오늘은 시의 바다에 자맥질이 바쁘고

"배알로-! 배알로-!" 고기잡이 한창이던
내 고향 어부들을 보살피던 그 돌고래
지금은 생의 항로를 함께 저어가는걸

가끔씩 주고받는 우리만의 주파수로
비밀번호 따로 없이 속엣말을 다 나눈다
바다도 모르는 비밀을 우리만의 언어로   (2016)

수악水岳의 추정秋情

속이 허허하여 산이 문득 그리운 날
갈까마귀 단애에 우는 수악교水岳橋쯤 찾아들면
산빛도 시울이 깊은 먼 눈매를 적시며 온다

아직도 이 산 어드메 핏자국이 남았을 듯
우 우 산 울음이 낙일 속에 잠겨오면
마지막 빨치산 홀로 고엽 밟고 가는 소리

수악 근처 나무에 지는 미사보 한 잎 받아 들고
산그늘로 덮여오는 먼 생각의 하산길엔
세월이 억새밭 질러 갈피리를 불며간다   (1989)

단풍 한 잎 가볍게 놓여

누구에게 내려보낸 속달우편물일까
잠 설친 아침 계단에 하늘나라 소인이 찍힌
황금색 상형문자의 단풍 한 잎 가볍게 놓여

오소소… 건강치 못한 그믐달이 이우는 창에
날 새면 하나 둘씩 불려 가는 순종의 목숨
천상의 부적을 뗀다, 은행잎이 또 진다

가지 끝 바람이 와 내 여죄를 다그치고
반타작 삽날 위에 명줄처럼 금이 간 햇살
체부遞夫가 한천寒天에서 내린
등기 한 통을
건네고
간다   (1998)

눈 한 송이

당초 용서의 뿌리는
하늘 쪽에 있었던 거

사뿐히 예를 갖춘
손바닥에
눈 한 송이

사르르 마지막 눈물이
사람처럼
따뜻해   (2012)

나의 시 2

바람 소리 물소리가
반반씩 섞이면서

동백꽃 노란 꿀물
한 방울씩 섞여 있는

내 고향 위미 사투리…,
그게 바로
詩
였네   (2012)

고향 비

농부는 비가 와도
우산을 쓰지 않았네

하늘의 그 은총에
대지처럼 젖고 있었네

먼 산이 조용히 내려와
함께 젖고
있었네   (2013)

섬, 아직 거기

바다를 향해 앉으면
아직 거기
섬
있었네

수평선 가물가물
물새 한 마리 날려 보내고

밤이면 작은 불 켜고
홀로 참는
섬
있었네   (1985-2018)

아기님이

이천십삼년
시월 이십구일 새벽

관절염 감싸 쥐고
일만 계단
내
　려
　　온 여기

아기님, 우리 아기님
꽃을 들고
계시네　　(2013)

* 2012년 11월 14일에 시작한 '시조 일만 계단 내려 걷기'를 마친 2013년
10월 29일 새벽, 손자 예성乂晠이가 대학병원 분만실에서 꽃을 들고 기다리
고 있었다.

6부

시조로 노래하는 스토리텔링

닭대가리끼리

닭이 먼저일까, 달걀이 먼저일까
닭보다 멍청한 내가 닭에게 묻자마자
"꼬꼬댁!" 암탉이 나서며 사람부터 따지잔다

"아기가 먼전가요, 어른이 먼전가요?"
그것도 모르는 인간이 무슨 닭 타령이냐며
암탉은 다짜고짜로 인간 타령부터다

처음부터 한 방 맞고 머리가 띵해진 나
물끄러미 땅만 보며 발로 땅을 긋던 내게
그 버릇 닭 버릇이라며 흉내 내지 말란다

저들의 항의 방문은 십 년 넘게 벼르던 것
지구상엔 만만한 게 그게 어찌 닭이었냐고
마당의 지네를 쪼듯 나를 콕콕 쪼았다

묵묵히 듣고만 있던 수탉의 차례였다
일부다처 닭의 세상에서 아내 스물을 거느린다는
수탉이 정중히 다가와 붉은 볏을 숙인다

며칠 전 창작 강좌에서 닭을 대변했다는 것
"오직 당신만이 닭의 존재를 인정했다"며
이 땅의 모든 닭들이 나의 시를 왼단다

그 시 제목이 무어냐고 오랜만에 내가 묻자
"한 생애 절반쯤은 누명 쓰고 사는 세상"*이라는
딱 그거 한 줄이라며 그 제목도 모른단다

닭의 눈과 모이의 거리는 딱 한 자尺 원圓의 둘레
그 둘레 원의 크기가 닭의 정신세계라며
인간들 우월적 기준이 닭에 맞춰 있다는 점!

158

이처럼 소원小圓이라는 유언비어를 퍼뜨려서
닭발, 닭살, 닭대가리 등 닭을 무슨 천치로 아는
인간을 명예훼손으로 제소할 방침이란다

그럼 왜 닭대가리가 그리 작은 것이냐 묻자
"이 바보 인간아, 대가리 크면 뭐 하냐?"며
거짓말 잔머리 굴리는 인간들이 바보란다

대화가 무르익자 반말이고 핀잔이다
곰곰이 생각하면 영리한 게 사람 같지만
닭들의 입장에서 보면 무지한 게 사람인 거!

며칠 전 창작 강좌 때 '생각 유惟' 글자를 놓고
사유는 시인이 아니라 독자들의 몫이라며
감각의 중요성에 대해 한 시간을 나눴는데…

그 소문에 나를 찾아온 토종닭 두 마리가
왕년에 하늘을 깨운 게 닭이라고 말하면서
비로소 닭의 감각이 사유 논리를 깨는구나!

'만물의 영장'이라는 엉뚱한 카드를 남발하며
동물적 감각 앞에서 지능지수만 따지려 드는
사기꾼 인간들이야말로 모두 지옥행이란다

시인아, 시와 진리가 사람 곁을 떠나겠느냐
열심히 땅을 긁는 닭의 발을 유심히 보아라
바닥에 무엇이 있는지 두 눈 똑바로 뜨고서

당초에 하늘께서 닭을 땅에 보내실 때
게으른 인간들에게 새벽 정신을 심으라시며
"꼬끼오-!" 하늘의 소리를 닭에게로 줬단다

"닭이여, 닭이 아닌 진짜, 진짜 시인이시여,
이 촌놈 가짜에게 한 말씀만 내리소서!"
"삼류야, 아래를 보아라, 땅이 하늘의 증거이니라"

그리고 잠에서 깼다, 닭도 집도 마당도 없다
재깍재깍 벽시계가 닭 대신해 돌고 있다
오늘도 계란 두 개로 아침 한 끼 때웠다   (2013)

* 졸작「굴뚝새」셋째 수 초장.

161

강아지풀 이야기

1

연하의 남자를 만나 바람피운 여인이 있었네
커트 머리 아줌마들이 머리방아를 찧고 있었네
칠팔월 강아지풀도 따라 끄덕거렸네

시골 쪽 입소문은 바람보다 더 빨랐네
수군수군 귓속말이 천리마로 갈아타고
지평 끝 벌겋게 타는 논밭까지 번졌네

쑥덕쑥덕 끄덕끄덕 쑥덕공론이 이 맛이야
달콤한 유언비어가 전 국토를 휩쓸 때
노골적 성토는 없었네, 돌 던지지 않았네

2

동네 떠돌이 개가 일주일째 보이지 않았네
태풍 불던 그 밤, 울담 반쯤 무너진 자리

간간이 피 섞인 울음이 그곳에서 들렸지

태풍 지나가고 타인처럼 아침이 왔네
피 묻은 강아지들이 어미젖을 빨고 있었네
분홍색 새끼 발바닥 꼬물꼬물거리며…

강아지 눈 뜰 무렵에 어미 개가 눈을 감았네
하나 둘 강아지들도 빈 젖 문 채 눈을 감았네
먼 동네 날짐승들이 한참 오르내렸네

3
물 젖은 열하루 달이 젖병 하나 들고 왔네
주인 없고 어미 없고, 머리 없는 강아지들이
다투어 그 젖병 앞에 애완용 꼬리를 치고 있었네. (2013)

파리와의 동거

삼류 시만 쓴다는 삼류 시인이 산다는 그곳
한림읍 축산 단지 그 소문이 퍼지면서
유별난 파리 한 마리가 나랑 동거하잔다

녀석은 잠도 없이 책상 옆을 함께한다
인터넷 고스톱에 밤을 함께 꼬박 새우며
아~ 씨발, 아~ 씨발 하는 상소리도 배웠지

밤 깊어 불을 끄면 베개 위에 몸 낮추고
아주 낮은 소리, 초음파 자장가를
스르르 잠들 때까지 불러주곤 했었지

사람보다 훨씬 진한 파리의 모닝 키스!
이마부터 눈등을 거쳐 콧등에서 입술까지
초특급 부드러움의 스킨십이 꿀 같던

평소에 늦잠꾸러기…, 파리가 날 깨운다
동트고 다섯 시면 영락없이 볼 비비는
파리의 새벽 정신을 나도 따라 배웠지

서당 개 삼 년이라지만 파리만의 비법이 있었네
동거 삼 일 만에 열두 음보를 꿰고 있었네
고시조 일백 수 정도를 달달 외고 앉았네

시는 노래이고 노래는 곧 눈물이란다
기뻐 울고 슬퍼 울고 아파 울고 쓰려서 우는
파리가 시인이란다, 온몸으로 운단다

아뿔싸, 우리 파리가 소주잔에 빠져 있네
아직 죽지 않고 "파리 살려!" 소리도 없네
"파르르…" 예쁜 파문만 소주잔에 일고 있었네

천천히 아주 천천히 손가락을 집어넣고
푹 젖은 파리 녀석을 잔 밖으로 건져 올렸네
전신에 술 냄새 풍기며 비틀비틀거리는 파리

마침내 파리 녀석의 술주정이 시작됐다
다짜고짜 제 몸통을 술안주로 먹어달라며
"윙-!" 하고 입가로 날아와 당장 입을 벌리란다

뺨 한 대 갈기고 싶지만 파리가 너무 작아
그리고 한참 후에 파리가 쓰러졌다
우는 듯 흐느끼는 듯 혼자 중얼거리며

그날로 삼십오 년 술 담배를 딱 끊었다
처량한 내 몰골이 그때서야 눈에 들고
까만 점 파리 목숨이 사람보다 더 컸다

"파리 목숨 걱정 말고, 사람 목숨 걱정하라!"
술타령 낭만 타령 신세타령 좀 그만하고
막가는 세상을 향해 "더욱 크게!" 울라던 파리

절뚝이 한 쌍 날개를 나에게 주고 간 파리
사람보다 아내보다 자식보다 고마운 파리
한여름 동거를 끝내고 머리맡을 떠났다 　(2004)

난쟁이 휘파람 소리

1
난세에 가솔 잃고 이리저리 빌어먹던
남원 쪽 '폴개동산' 난쟁이 홍 씨 그가
구좌읍 어느 부잣집 말테우리 됐다지

중산간이 소개疏開되고 해안 성벽이 쌓이고도
말먹이 '테우리'는 겁도 없이 오고 갔지
"혹시나, 무슨 죄?" 하며 '다랑쉬'를 오갔지

쇠먹이 물이 좋아, 마을 가운데 '퐁낭'이 좋아
그 아래 '진못'에는 물이 늘 고여 있어
'테우리' 난쟁이 홍 씨도 이 나무를 벗했지

키 작고 가솔 없고 일자무식 반생에서
떠돌이 아픈 세상에 휘파람처럼 살았단다
원혼이 가득한 허공에 식솔들을 부르며

구곡간장 다 녹아든 바람 소리 휘파람 소리
'다랑쉬' 꼭대기에서 파르르 풀잎이 떨고
아득히 오름 자락엔 조랑말이 울었지

휘파람 한 번 불면 '테우리'들 따라 불고
휘파람 두 번 불면 우마들이 따라오고
바람도 귀를 세우고 억새들을 깨웠지

야트막 용눈이오름 물매화가 눈을 뜨고
억새밭 숨어 살던 노루들이 따라오고
하늘도 눈시울 붉히며 그 소리를 들었지

휘파람 높은 곳에 바람이 따라오듯
목청 좋은 사람에겐 슬픔이 따라왔지
어쩌나, 난쟁이 홍 씨…, 일이 오고 말았네

2

소개령 해제되고 테우리가 돌아왔지
맨 먼저 난쟁이 홍 씨 '즌못'가에 도착했지
그곳에 우마를 풀어 물 먹이고 있을 때

나이 든 팽나무가 그늘 넉넉히 내리면서
오가는 발길들의 쉼터 노릇 했다는 곳에
난쟁이 휘파람 소리가 피 냄새로 바뀌는,

문득 팽나무에 종이 한 장이 붙어 있었지
까막눈 난쟁이 홍 씨 그 글에는 아랑곳없이
종이로 담배를 말았네, 침을 곱게 바르며

담배를 붙여 물고 연기 길게 내뿜었지
그 연기 그늘 아래 한 운명이 풀리면서
한 다발 종이 뭉치가 그를 반겨 웃었지

이 무슨 횡재인가, 이 무슨 재앙인가
앞가슴 단추 풀어 삐라 뭉치를 쑤셔 넣었지
어쩜담! '폭도 용의자' 누명 쓰고 말았지

난쟁이 몸수색에 다량의 삐라가 발견됐지
토벌대 개머리판이 홍 씨 턱에 작렬했지
코와 입 가슴과 허리엔 피가 낭자했었지

핏물이 "부각부각" 거품이 솟아나고
머리통이 터지면서 허연 뇌수가 쏟아지고
한쪽 눈 하늘로 뜨고 한쪽 눈을 감았지

나이 든 팽나무가 가랑잎을 떨구었지
'즌못'의 물그림자에 붉은빛이 번지면서
토벌대 군홧발 소리가 차츰 멀어져 갔지

3

그로부터 육십 년 세월 소리 없이 흘러갔지
억새밭 깊은 곳에 숨어 숨어 살던 노루
아직도 피맺힌 울음 "꺼욱, 꺼욱!" 운다지

사람이 모질구나, 참으로 모질구나
그때부터 등을 돌린 산새들도 노루들도
하나도 남기지 않고 바람에게 전한다

아무 일 없었던 것처럼 들꽃들은 다시 피고
간간이 피 섞인 울음 산짐승이 밤에 울고
월랑봉 달이 밝으면 부엉새가 운단다

"휘파람 불지 마라 액운이 따라온다"
사월의 추운 숲에 숨어 우는 휘파람새
난쟁이 휘파람 소리가 저리 간곡하다니…

4
악보도 모르면서 천 곡조를 부르는 새
법을 모르고도 법 한번 어기지 않은
그대로 그의 노래엔 어긋남이 없으니

여기 이 스토리텔링 「난쟁이 휘파람 소리」에
가볍게 곡을 달아 통기타를 퉁기면서
'다랑쉬' 연못가에서 노래하고 싶구나

테우리 휘파람에 난쟁이가 살아나서
"둥기둥 둥기 둥둥" "호호휘익 휘휘휘획"
이 땅의 새와 짐승들 함께 놀아봤으면

이 땅이 아픈 만큼 울음소리 한숨 소리
이 땅의 산천초목 저들만의 춤사위로
다랑쉬 진못을 깨워 덩실덩실 춤추자

'다랑쉬' 억새 숲에 숨어 떨던 노루들아
추운 사월 나뭇가지에 혼자 울던 휘파람새야
한쪽 눈 하늘에 뜬 채 이승 뜨던 홍 씨여

아직도 잠 못 드는 초목들을 어쩔거나
끝내 풀지 못할 한풀이를 어쩔거나
모여라 "둥기둥 둥기둥" 밤을 한번 새워보자

개머리판 내려찍던 그 군인도 내려오고
서울에서 삿대질하던 이승만이도 내려오고
9연대 2연대 모두 철모 벗고 내려와서

죽은 자 죽인 자가 서로 얼굴 쓰다듬으며,
이승에서 못다 푼 가슴들을 쓰다듬으며
하늘에 용서를 빌며 사월 한 달을 울어나 보자

그때면 밤하늘에서 잔별들이 내려오고
핏기 없는 얼굴빛으로 그 참상을 내려다보던
달님도 함께 내려와 사람에게 빌리라

"둥기둥 둥기둥둥" 풀지 못한 산의 노래여
"휘이익 휘익 휘익" 불지 못한 휘파람이여
저만치 난쟁이 홍 씨가 눈물 씻고 있구나   (2013)

들레 생각

1

약간씩 모자라서 우리 둘은 사이가 좋았지
성은 '민'이었고 이름은 '들레'라는
그 노란 코흘리개가 나도 무척 좋았지

일 학년 옆자리에 자리 잡고 앉은 아이
이름 석 자 겨우 쓰고 히죽히죽 웃던 아이
그 여름 방학이 끝나고도 학교 오지 않았지

사삼 때 고아가 된 두 살배기 이 아이를
피난민 '민' 씨가 챙겨 '민들레'가 됐다는 아이
가엾어, 그해 여름에 뇌염으로 떠났지

생각, 생각 끝에 민 씨 집에 찾아갔지
민 씨네 초가집엔 아무도 살지 않고
마당서 '들레'를 닮은 꽃송이를 보았지

작은 키 통치마에 단발보다 짧은 머리
터진 고무신을 얼기설기 꿰매 신은
웃을 땐 눈이 없었던 꽃송이를 보았지

2
세월은 흐르고 흘러 오십 년을 넘게 흘러
쇠똥도 약이 된다는 초파일 금악오름
혼자서 소를 먹이는 그 아이를 보았다

작은 키 통치마에 단발보다 짧은 머리
터진 고무신을 얼기설기 꿰매 신은
웃을 땐 눈이 없었던 민들레를 보았다

지상의 백 년이라면 천상의 하루란다
연꽃 빨간 봉오리가 고추잠자릴 예감하듯

'들레'는 그곳에 와서 나를 기다렸단다

봄 동산 모든 꽃은 첫사랑의 화신인 거
약간 모자라야 꽃의 마음을 안다는 거
첫사랑 나의 '들레'가 진짜 시인이었던 거

지상의 모든 사랑엔 해피엔딩이 없다는구나
아프게 세상에 와서 아프게 봄을 웃는
눈 없는 들레 얼굴에 내 눈물이 맺힌 날   (2003)

구체성에 기반한 사유의 전복과 서사 지향성

임채성 시조시인

1. 등단 30년, 그 독창적 에너지의 시혼

타고난 재능 위에 신중하게 시간을 투자하면 할수록 그 성과가 커진다는 것은 자명하다. 하루아침에 우연히 이루어지는 성공은 없다. 땀이라는 '절대 시간'과 끈질긴 인내가 대기만성을 꽃피우는 필요충분조건임을 알고 있으면서도 실천하지 못하는 사람들이 우리 주위에는 너나없이 많다. 하지만 내가 아는 한 사람만은 예외다. '시조 일만 계단 내려 걷기'로 후배 시인들에게 많은 영감을 불러일으킨 고정국 시인이 바로 그 주인공이다. 시인은 2012년 현대불교문학상을 수상하는 자리에서 '시조 일만 계단 내려 걷기'란 이름으로 시조 일만 수를 쓰겠다는 다짐을 했다. '오르기'가 아니라 '내려 걷기'의 의미는 겸손한 자세로 시조 창작에 나서겠다는 의지의 표현이었다. 당초 3년이 목표였는데 그보다 한참 빠른 11개월 만에 시집 50권 분량의 시조 일만 수를 썼노라고 그는 밝힌 적이 있다. "아득한 일만 계단을 내려서고서야, 비로소 30년 넘도록 신파극 수준의 시조 몇 편 쓰고서 '시인입네' 설치고 다녔던 스스로의 모습이 보이기 시작했다"라고 털어놓은 것이다.

대부분의 시인들은 평생을 투자하더라도 일만 수는 고사하고 그 절반의 절반에도 미치지 못하는 태작들을 겨우 만들어낼 뿐이다. 어떤 분야의 전문가가 되려면 최소한 일만 시간의 훈련이 필요하다는 '일만 시간의 법칙'을 '시조 일만 계단 내려 걷기'로 승화시킨 고정국 시인의 열정은 등단 30년을 맞이한 이때 더욱 빛나는 가치로 다가온다. "천천히 가라. 바르게 가라. 끝까지 가라! 한 분야에서 업적을 이룬 자들에게는 반드시 이세 가지 공통점이 있다." 이 글은 고정국 시인이『조사에게 길을 묻다』(연인M&B, 2010)라는 '체험적 글쓰기론'에서 글쓰기 초보들에게 일러주는 명쾌한 지침이다. 무엇을 하든지 진정성을 가지고 한 우물을 파면 그 방면에서 일가를 이룬다는 사실은 30년 시작詩作을 통해 고정국 시인이 실증하고 있는 셈이다.

그렇다면 시인에게 있어 등단 30년은 어떤 의미일까? 나같이 새파란 초심자는 그 높이와 깊이를 섣불리 가늠하기 어렵지만 그 시간의 퇴적물이 저절로 이루어지지 않았다는 사실만큼은 미루어 짐작할 수 있다. 10년이면 강산이 변한다고 하는데, 그 강산이 세 번은 바뀔 시간이다. 인생에서도 30년은 '세대世代'의 기준으로 삼지 않던가. 아이가 자라서 스스로 가정을 꾸리고 부모가 될 정도의 시간이니 그 세월의 파동이 얼마나 역동적이었을 것인가. '혼魂'이라는 말로밖에는 설명하기 어려운 그 치열한 시간의 궤적이 이제 한 권의 책으로 묶여 나온다. 1988년 〈조선일보〉 신춘문예로 등단한 시인의 시조 인생 30년을 반추하는 앨범이자 새로운 30년을 위한 중간 결산이라고도 할 수 있겠다. 올곧은 선배의 자취를 따라가고픈 후배 시인으로서 선배의 자취를 톺아본다는 것은 여간 느꺼운 일이 아닐 수 없다.

시인 고정국을 설명할 수 있는 키워드는 많다. 저항과 비판, 참회와 성찰, 구체와 실존, 서사와 스토리텔링 등이 그것이다. 그의 시편들을 일러 "슬픈 반역의 노래"라고 한 어느 평자의 말에는 대부분 독자들도 고개를 끄덕였다. 결국 이 모든 것을 아우르는 한마디는 현실 인식에 바탕을 둔 치열함이다. 그 치열함은 그의 30년 시조 세계를 일관되게 흐르는 하나의 철학이다. 고정국 시인은 제주도 전역을 태워 삼켰던 4·3 사건이 일어나기 한 해 전에 태어나 난치병과 전신 화상 등 몇 차례나 죽을 고비를 넘겨 온 특별한 이력의 소유자다. 그 남다른 이력이 살아야 할 이유를 시적 치열함으로 지정해준 것은 아닐까. 그가 가끔 인용하는 제정러시아 시대의 저항시인 니콜라이 네크라소프의 시 「신문 열람실」의 한 구절은 이러한 시정신을 대변하는 것 같다. "슬픔도 노여움도 없이 살아가는 자는 조국을 사랑하지 않는 자이다"라며, "최악의 태도는 무관심이다. 무관심하면 할수록 우리는 인간을 이루는 기본 요소 하나를 잃어버리게 된다. 분노할 수 있는 힘, 그리고 그 결과인 참여의 기회를 영영 잃어버리는 것"이라는 명제를 한시도 주제 의식에서 비켜놓지 않았던 것이다.

네크라소프가 그러했듯 고정국 시인의 시조는 의식적인 기교와 예술적인 교양과는 거리가 있다. 그는 근본적으로 전통적인 심미안의 기준에 부합하는 '시적'인 것을 떠나, 보다 자유롭고 보다 새로운 시를 대담하게 창조해왔다. 시대의 정수리에 죽비를 때리는 저항과 비판의 시정신은 물론 한국문학 최초로 시도한 '시조로 쓰는 관찰일기', 서사의 개념을 한층 더 넓혀놓은 '시조로 낭송하는 스토리텔링' 등은 그가 얼마나 시조에 애정을 가지고 현대성을 모색해왔는지를 뜨겁게 웅변한다. 그런 면에서 그가 30년 동안 이룩해낸 독창성과 시적 에너지는 필자가 아는 시인들 중에서는 단연 으뜸이라 할 수 있다.

'특유의 시적 명상과 철학적 반성'이라는 부제가 붙은 이번 시선집에서 가장 빈번하게 등장하는 세 가지 시어는 '꽃'과 '섬', 그리고 '시'다. 이들은 고정국 시학이 추구하는 궁극의 지향점을 잘 대변한다. '꽃'은 완성을 향한 구도자적 이상을 상징하며, '섬'은 어디에도 종속되지 않은 독립적이면서 차별적인 자아를 상징한다. 그리고 '시'는 시인과 떼려야 뗄 수 없는 영혼의 동반자이자 최종 수렴점이다. 이를 자의적으로 연결해보면 '시조'라는 '꽃'을 활짝 피우기 위해 세상과 타협하지 않고 홀로 난바다에 떠있는 '섬' 같은 존재가 바로 시인 자신이라는 것이다. '꽃'과 '섬', '시'라는 키워드로 고정국의 30년 시조미학을 읽어가는 재미도 쏠쏠하다. 어두운 눈과 서툰 걸음이지만 고정국 시학이 추구해온 30년의 나이테 속으로 들어가 보자.

2. 꽃, 저항과 비판의 시대의식

고정국 시인은 중심부에서 밀려난 외로운 영혼들을 자연물에 투사해 그 의미망을 키우고 존재감을 부각하는 시작詩作 활동을 오랫동안 견지해왔다. 그가 추구하는 자연이란 대상은 과거 지향의 복고주의나 풍류 정신과 어우러진 예찬물이 아니다. 이 땅의 질곡의 역사 속에서 희생된 외로운 영혼이거나 인위적인 삶의 터전에서 정복당하고 사라져간 피해자이자 소외되고 주목받지 못하는 변방의 민초들이다. 저항과 비판 의식을 동반한 그의 시편들은 참회와 성찰로 이어짐으로써 변방의 영혼

들을 위해 부르는 초혼가이자 진혼곡이라 할 수 있다. 중심부
에서 밀려난 외면당한 존재들에 대한 따뜻한 애정의 시선이 땅
가까이에서 땅과 함께 숨 쉬는 어우러짐의 미학을 완성하는 것
이다.

  그들은 들과 산, 혹은 바닷가에서 세찬 비바람과 눈보라를
견디며 끈질긴 생명력을 이어온 작은 들꽃들이다. 그들은 자신
의 존재를 돋보이게 하려고 화려하고 큰 꽃을 피우거나 더 높
은 곳에서 키를 더 높이려고 하지 않는다. 언제나 낮고 그늘진
곳에서 작고 가녀린 모습으로 있는 듯 없는 듯 조용히 산다. 때
로는 잡초라는 이름으로 제초제를 뒤집어쓰고 낫에 몸뚱이가
잘리는 아픔을 겪지만 그럼에도 불구하고 끈질긴 생명력으로
종족을 보존하며 자신의 존재를 드러낸다. 모든 존재는 사람
들이 그것에 대해 평가하는 말이 아닌 그 자체로서 존재한다는
것을 인정함으로써, 그 작은 들꽃들 속에도 나름의 질서와 소
우주가 들어 있음을 시인은 일찍부터 간파하고 있었던 것이다.

  "가마를 그만 멈춰라,
  내릴 곳이 여기로다!"

  문득 네로황제가
  길에 납작 엎디더니

똥 묻은 민들레 송이에

제

금관을

…

바친다

−「황제와 민들레」 전문

시인이 주목하는 들꽃은 특히 민들레로 자주 형상화된다.
'시조 일만 계단 내려 걷기'의 산물이자『민들레 행복론』(지혜,
2014)이라는 시집의 소재가 된 민들레는 시인에게 있어 대단
히 각별한 존재다. 키가 작아도 작아 보이지 않고, 화장하지 않
아도 추하지 않고, 배고픈 이른 봄에도 배고픈 기색을 나타내
지 않는 꽃. 여린 듯하면서도 끈질기게 살아남아서 밟힐 대로
밟히면서도 좀처럼 얼굴을 찡그리지 않기 때문에 민들레를 좋
아한다고, 시인은 자전 에세이『손!』(국학자료원, 2016)에서 고
백한 적이 있다. 아울러 "빗물만 마시고도 원망 한번 않고 사
는/ 낮은 데 살면서도 웃음 한번 잃지 않는 (……) 민들레 식구
그 행복을 배우리라"(「민들레 행복론」)며 민들레에 대한 애정을
시로도 표방한다.
　위의 시 「황제와 민들레」는 고정국 시인이 '민들레'로 표상

되는 작고 여린 존재들에게 바치는 헌사라 할 수 있다. 폭군의 대명사로 알려진 네로황제마저도 타고 가던 가마를 멈추고 땅에 "납작" 엎드려 "제/ 금관을" "바"치게 만드는 존경의 대상이 민들레다. 그 민들레는 동그랗게 똬리를 튼 노란 꽃송이가 "똥 묻은" 것으로 오인될 만큼 보잘것없는 존재다. "똥"을 묻혔다는 것은 중심에 서지 못하는 사회적 타자를 의미한다. 시인의 눈에는 자신의 처지나 환경을 탓하거나 굴하지 않고 꽃을 피우며 봄을 알리는 이 불멸의 존재가 더없이 미쁜 것이다. 네로가 제 금관을 바치는 명확한 이유가 드러나 있지는 않지만 시인이 민들레를 대하는 마음이 어떠한가는 충분히 짐작하고도 남는다.

이러한 민들레 예찬은 「민들레로 내리시어」에서도 계속된다.

앉은뱅이 들꽃 위에
들새 똥이 떨어져 있다

초파일 절간 동네
야단법석을 모르는 부처

배시시 똥 묻은 대궁에
푼수처럼
웃으셔

–「민들레로 내리시어」 전문

"들새 똥이 떨어져 있"는 "앉은뱅이 들꽃"을 누가 거들떠보 겠는가. 그러나 시인의 눈에는 그가 곧 부처의 모습으로 보인 다. 초파일에 대중들에게 설법을 베풀기 위해 야외에 법대를 설치해놓은 부처로 표현하고 있으니 말이다. 누가 알아주지 않 더라도 자신의 자리에서 최선의 삶을 몸소 보여주는 존재를 부 처의 현신으로 읽은 것이다. 부처란 깨달음을 얻은 자, 즉 세상 이치에 통달한 절대적 자아를 이름인데 "푼수처럼/ 웃으"신다 는 표현을 통해 대중과 함께 호흡하는 '누더기를 걸친 성자'로 형상화해놓은 것이다. 민들레는 부처 외에도 우리 주변의 다양 한 인간 군상을 환유換喩한다. "주일마다/ 헌금하라며/ 저금통 을 넘보시던// '하느님, 아니 큰삼촌 용돈 좀 주십시오!'// 민들 레 제 동생이랑/ 철문 밖에/ 피었다"(「패러디 인 서울 9–교회 정 문 풍경」 전문)처럼 이 땅의 낮은 곳을 비추는 르포르타주의 미 학으로 구체화되는 것이다.

고정국의 시조는 '자연 서정'이 주제론적 근간을 이루되, 서 정적 조응을 넘어 생태계 파괴와 인간 사회에 미치는 영향으로 사유의 폭을 확장한다. 이 지점에서 인식론적 전환, 즉 물활론 적 상상력이 부각된다. 물활론物活論이란, 모든 사물은 영혼(생 명)이 있고 그 영혼이 생동하며 인간에게 영향을 미친다는 사유론적 믿음이다. 작중 화자가 자연에 부합하는 존재이면서 자연의 원리하에 자신을 세우고 자연 속에 동화되는 고전적인 자연 서정에서 벗어나 사유의 전복을 꾀하는 고정국의 시편들은 동시대 의식과 결부되어 나타난다. 시인은 활유법活喩法의 수사 장치를 통해 표현의 생동성을 불어넣고 서정성을 드높이고 있다.

쉽사리 야생의 꽃은
무릎 꿇지 않는다

빗물만 마시며 키운
그대 깡마른
반골의
뼈

식민지 풀 죽은 토양에
혼자 죽창을
깎고
있다
―「엉겅퀴 2」전문

고정국 시인의 물활론적 상상력은 스스로 움직이거나 돌아다니는 동물보다 한군데 뿌리를 내리고 붙박이로 서 있는 식물에 더 민감하게 작용한다. 「엉겅퀴 2」에서 "야생의 꽃"은 "식민지 풀 죽은 토양에"서도 "혼자 죽창을/ 깎고/ 있다"는 의인화를 통해 민초의 이미지와 부정에 항거하는 상징적 유기체의 이미지를 중첩시킨다. 강인한 이미지로 형상화된 "엉겅퀴"는 시인의 강렬한 자기최면이기도 하다. 형태적인 측면에서도 뼈대를 이루는 중심 시어를 하나의 행으로 독립시킴으로써 주제 의식을 더욱 견고하게 끌어간다. 이는 시인의 목소리에 더욱 힘을 실어주는 방점으로 작용하고 있다. 이와 같은 시인의 시대적 상황 인식과 비판 의식은 섬세한 미의식을 동반함으로써 맹목화된 참여시의 그것과는 거리가 있다. 1970-80년대에 창궐했던 민중문학이나 참여문학의 부활이 아니라 시대적 고민거리의 핵심을 끄집어내야 한다는 문학의 역할론을 시조로써 보여주고 있는 것이다.

이처럼 고정국 시인은 당대의 현실을 꿰뚫는 통찰을 통해 현대적 자아의 풍경을 밀도 있게 형상화한다. 유토피아적 이상과 괴리된 현실은 부조리로 가득 차 있는데 시는 즐겁게 쓰라는 말은 시인에게 있어 폭력이다. 그는 늘 깨어 있으며 세계와 자신에 대해 냉혹할 만치 성찰적인 태도를 지닌다. 이러한 시작 태도는 이 시대의 모순과 이 땅의 부조리를 더 이상 보고만 있을 수 없다는 현실 인식에서 비롯한다. 아울러 서정에만 천착해 날로 유약해지며 쇄말적 감각에만 치중하는 오늘의 시조 문단에 던지는 일침이기도 하다. 현실이라는 테두리 안에서 주변의 문제들을 보듬는 문학의 실천적 면을 포기할 수 없다는 점을 이 작품은 말하고 있는 것이다.

"세 차례 시집을 내도/ 독자들은 침묵했다// 네 번째도 등을 돌린/ 이 땅 풀꽃이 야속도 하여// 붓 대신 무릎을 꺾고/ 꽃 앞에서/ 울었다"는 「붓꽃」에서도 시조를 장르적 의미가 아닌 시대적 의미나 역사적 의미로 파악하고자 하는 시인의 시 의식이 잘 드러난다. 그 속에는 곧 온고溫故는 넘치되 지신知新은 부족한 작금의 시작 태도를 돌이켜 반성하게 만드는 힘이 있다. 의인화를 통해 자연물이 자연이 아닌 인간 세상의 축소판임을 이야기하는 시인은 우리가 놓치고 있는 작은 것들에서 큰 진리를 길어 올리고 있는 것이다. 이러한 꽃들은 수국, 담쟁이, 싸리, 개나리, 밤꽃, 강아지풀, 오동꽃, 바람꽃, 안개꽃, 방울꽃, 할미꽃, 뻘기꽃 등등으로 표상된다. 하지만 섣부른 주제 의식이 날것 그대로의 시어를 통해 웅변으로 치달을 수 있다는 점을 시인은 늘 경계한다. '심미적 이성'에 의한 냉철한 자기 인식과 자기 성찰의 진정성이야말로 고정국 시조의 미학성을 견고히 뒷받침해주는 풍요로운 자산이기 때문이다.

3. 섬, 실존과 자존의 홀로서기

섬은 흔히 고립과 단절이라는 부정적인 이미지로 전형화되어 있다. 바다로 둘러싸인 지정학적 특수성은 외부와의 접촉이 차단됨으로써 유형지로 인식되어온 탓이다. 그러나 고정국 시인에게 있어 섬은 고립과 단절이 아닌 자존과 독립의 이미지로 형상화된다. 의도된 자발적 고립은 스스로의 영혼을 위무하는 자존과 독립의 방편이다. 거기에는 세상 어떤 것과도 함부로 타협하지 않겠다는 꼿꼿한 결기가 숨어 있다. 시는 시대적 상황의 예각에서 그 시대정신을 이끌어가야 하기에 시인은 고독해질 수밖에 없다는 그의 지론이 섬이라는 실재적 공간으로 표출된 것이리라. 그렇게 볼 때, 시인에게 있어 섬은 아我와 타他를 가르는 경계임이 분명해 보인다.

장 그르니에가 지중해의 섬 속으로 들어가 평범한 일상에 철학적 명상을 불어넣었던 일, 고갱이 남태평양 타히티에서 인간 존재와 생의 본질에 대한 의문을 화폭에 담았던 일, 소로가 월든 호숫가에서 자주적 인간의 독립 선언문을 공표했던 일과도 일맥상통하는 이치이리라. 섬이라는 공간은 밖으로는 닫혀 있지만 안으로는 한없이 열려 있기에 시인에게는 가장 적합한 거처였을 것이다. 섬에서 밖을 바라보면 광대무변한 넓이가 펼쳐

진다. 얼마나 엄청난 공허인가. 참으로 존재하는 것은 아무것도 없는 것처럼 보인다. 하지만 텅 빈 공허는 역설적이게도 충만으로 이어진다. 거의 완전한 무심, 일종의 고요한 무감각의 상태에 민들레 씨앗 하나만 날아들어도 금세 사유의 발아로 이어질 수 있다는 뜻이다. 그렇게 섬은 시인에게 물리적 처소이자 영혼의 안식처로 기능하는 것 같다. "섬을 바라보면 섬이 나를 바라보고/ 넌지시 말을 걸면 눈빛으로 대답하는/ 내 안의 초록 섬 하나가/ 올레 끝에 놓인다"(「바다 올레 3」)에서 보이듯 섬이 곧 시인이고 시인이 곧 섬인 까닭이다.

까맣게 한 세월을 수평 끝만 적시면서
사무친 회귀의 꿈에 저 홀로 야위는 섬
하늘도 이곳에 와선
뭍으로만 기우네

뭍 소식 섭섭한 날은 바다마저 돌아눕고
파랑도 가는 뱃길에 잠겨버린 무적霧笛 소리
마파람 보채는 이 밤도
불을 끄지 못하네

차라리 외로운 날은 마라도에 가 앉으리

192

한 점 피붙이로 빈 해역만 떠돌다가

남단 끝 선명히 찍히는

낙관落款으로 앉으리

－「마라도」 전문

　마라도는 한반도에서 해저를 타고 뻗어 내려가 대양으로 나가는 길목에 맺혀 있는 우리 국토의 최남단이자 태평양에서 배를 타고 대륙으로 들어오는 시작점이다. 끝과 시작이라는 상징성만으로도 절해고도의 이미지를 심화시킨다. 위의 시 「마라도」는 시인의 초기 작품으로 알려져 있다. 섬을 향한 시인의 동경은 이때부터 시작된 것 같다. "사무친 회귀의 꿈에 저 홀로 야위는 섬" 마라도는 "하늘도" "뭍으로만 기"울 정도로 육지를 향한 간절한 그리움을 품은 곳이다. 그래서 "뭍 소식 섭섭한 날은 바다마저 돌아눕"는다. 그럼에도 불구하고 시인은 오히려 "차라리 외로운 날은 마라도에 가 앉으리"라며 마라도를 향한 동경심을 표출한다. "남단 끝 선명히 찍히는/ 낙관"이 되겠다는 것이다. "까맣게 한 세월을" 뭍을 향한 그리움에 사무친 섬이지만 시인이 그 섬으로 가고 싶은 이유는 '외로움' 때문이다. 뭍에 있어도 외로운 날엔 스스로 섬이 되고 싶다는 의미다. 외로운 자아를 더 외롭게 함으로써 외로움을 이겨내고자 하는 적극적 의지의 표현이자 누구에게도 의지하지 않겠다는 자주 의식의

발로다. 부정의 부정은 강한 긍정으로 귀결되는 논리적 모순을
역설로 풀고 있는 것이다. 마라도에 대한 시인의 눈길은 여기
서 그치지 않는다.

오늘 이 해역을 누가 혼자서 떠나는갑다
연일 홍어에 지친 마지막 투망을 남겨둔 채
섬보다 더 늙은 어부
질긴 심줄이 풀렸는갑다

이윽고 섬을 가뒀던 수평선 태반 열어놓고
남단의 어족을 다스린 지느러미를 순순히 펴며
바다는 한 척 폐선을
하늘길로 띄우나니,

우리가 잔술 내리고 노을 앞에 입을 다물 때
수장水葬을 치러낸 바다가 무릎께 와 흐느끼고
까맣게 타버린 섬이
다시 촛대를 일으킨다
　　　－「마라도 노을」전문

「마라도 노을」에 나타난 마라도는 "연일 홍어에 지친" 신산

하고 척박한 삶의 터전으로 그려진다. 그곳에서 누군가가 소멸하고 있다. 살아서는 떠나지 못한 섬을 죽어서야 비로소 떠나는 그는 "섬보다 더 늙은 어부"다. 자의든 타의든 섬 안에 갇혀 있던 그의 영혼은 까치놀이 수평선을 번득일 때 "한 척 폐선"과 함께 "하늘길"로 띄워진다. 그의 소멸은 "수평선 태반"을 열어 놓게 만들어 새로운 탄생을 예고한다. 아침이 가면 저녁이 오고 저녁이 가면 다시 아침이 오듯 생명도 자연계 안에서 순환하고 있음을 일깨우는 것이다. 여기서 "노을"은 노년기를 가리키는 황혼의 은유이자 새로운 시작을 알리는 아침의 이미지로도 기능한다. 노을은 아침놀과 저녁놀 모두를 아우르는 단어이기 때문이다. 「마라도 노을」에서는 구체적인 시간이 제시되어 있지 않다. "까맣게 타버린 섬이/ 다시 촛대를 일으킨다"는 것은 노을이 스러진 뒤 실루엣으로 남은 섬 위로 등댓불이 켜지거나 저녁 별이 뜬다는 이미지로 읽히지만, 한편으로는 어둠에 덮여 있던 섬에 아침이 밝는다는 이미지로도 볼 수 있다. 이러한 중의적 기법은 어둠 속에 갇혀 있는 시적 자아가 밝은 세계로 나아가려는 미래지향적 극복 의지를 형상화하는 매개체가 된다. 어둠과 밝음이 갈마들며 교차하듯 어둠에서 밝음으로 나아가려는 것은 극복과 치유의 의지가 그만큼 충만하다는 의미이다. 해류가 흘러가듯 시편 전체를 관통하는 유장한 리듬감은 섬의 미래를 더욱 희망적으로 이끄는 촉매제이다.

노을 앞에 비쳐지는 존재의 소멸과 이를 딛고 일어서려는 시인의 의지는 다음 시편에서도 그대로 나타난다.

노을 앞에 선다는 건 속울음을 삭이는 일
피 섞인 아우성으로 분절 없는 아우성으로
수장을 치러낸 바다가
수평선을 닫을 때

겹겹이 둘러싸인 경계선을 다 지우고
먼저 간 술친구의 눈시울도 다 지우고
만종도 파장도 없이
섬이 혼자 저무네

당초 득음得音이란 제 목청을 버리는 것
눈 감아야 보인다는 개밥바라기 막내 별이
까맣게 타버린 해역에
글썽이고
있었네
-「섬의 소멸」전문

시간의 영속성이 빚어내는 변화는 생명체에만 국한된 현상이 아니다. 지구가 그렇고 우주도 그렇다. '섬'의 하루도 이와 다르지 않을 것이다. 시인은 이러한 자연계의 시간을 「섬의 소멸」이라는 시편으로 형상화해놓았다. 섬이 소멸한다는 것은 섬 자체의 물리적 사라짐이 아니라 빛의 차단에 의한 시각적 사라짐이다. 육체와 영혼의 마찰음처럼 묵시록적인 울림을 주는 「섬의 소멸」에는 해넘이 전후의 짧은 시간 속에 '섬' 하나가 겪어온 숱한 부침의 삶이 아스라하게 녹아 있다. "노을 앞에 선다는 건 속울음을 삭이는 일"이라는 첫 구절부터 "까맣게 타버린 해역에/ 글썽이고/ 있었네"라는 결구까지 '눈물의 역사'가 배경으로 깔려 있는 것이다. '섬'은 지정학적인 이유 때문에 외부로부터 '고립'된 존재이자 스스로 경계를 세운 '독립'된 존재이다. 그런 섬에 까치놀이 내리고 어둠이 깔리기 시작한다. 시간은 '빛'이고 섬은 '그림자'다. 그것은 환한 기쁨과 어둑한 슬픔이 동시에 깃드는 묘한 감정이다. 태양보다 더 환한 세계의 발견이 시인을 기쁘게 했고, 피 어리게 불타고 있는 저물녘 놀빛의 실존이 시인을 슬프게 만든 것이다. 아우성을 치며 "수장을 치러낸 바다가/ 수평선을 닫을 때""만종도 파장도 없이/ 섬이 혼자 저무"는 것은 기실 시인의 감정이다. 이때의 섬은 고립되는 게 아니라 "겹겹이 둘러싸인 경계선을 다 지우고" 주변과 하나가 되어 어우러진다. "득음"을 위해서는 "제 목청을 버"려야 하는 것처럼 섬도 어둠 속에 제 모습을 묻음으로써 더욱 고양된 존재 가치를 얻게 된다. 그리하여 "바다를 향해 앉으면/ 아직 거기/ 섬/ 있었네// 수평선 가물가물/ 물새 한 마리 날려 보내고// 밤이면 작은 불 켜고/ 홀로 참는/ 섬/ 있었네"(「섬, 아직 거기」 전문)라며 섬을 향한 애정 어린 시선을 거두지 않는 것이다.

4. 시, 서사로 깨우는 참회와 성찰

삶은 지나간 과거에 있지도 않고 다가올 미래에 있지도 않다. 지금 이 순간 여기서 내가 느끼고 생각하고 체험하는 바로 그것이 삶이기 때문이다. 이러한 삶의 근저에는 서사가 자리 잡고 있다. 서사란 사건이 진행되어가는 과정이나 인물의 행동이 변화되어가는 과정을 시간의 흐름에 따라 차례로 이야기하는 서술 방법이다. 시조 또한 인간의 삶에 대한 시간적 이해를 담는 시 양식으로서 시간의 흐름과 함께 삶을 영위해가는 인간을 대상으로 하여 얻은 인과적 또는 시간적 깨달음을 드러내게 마련이다. 시간은 저마다 다른 기억과 형식으로 경험되는 비가시적 실체이다. 그래서 시인은 자신만이 걸어온 오랜 시간을 가장 고유한 기억과 형상으로 그려내는 데 남다른 힘을 쏟는 것이다.

고정국의 시조는 이렇게 시간이 추구하는 '삶의 의미' 너머로, 시가 낯선 경험들을 어떻게 묶고 엮어낼 수 있는지를 잘 보여준다. 낯선 경험들의 이질적 결합은 서사적 이야기 구조로 나타난다. 자신의 고향 사투리로 4·3의 아픔을 반추했던 『지만 울단 장쿨래기』(각, 2004)를 시작으로, '관찰일기'라는 수식어가 붙은 『민들레 행복론』, 각각의 이야기가 옴니버스로 엮인 『난쟁이 휘파람 소리』(파우스트, 2016) 등 시조의 몸통에다 스토리텔링이라는 옷을 입힌 서사시조집 또한 고정국의 시조 미학을 이해하는 중요한 단초일 것이다. "돌멩이든 지푸라기든 꽃이든 물방울이든, 그 어떤 대상과도 소통할 수 있는 자가 시인"이라는 그의 고백처럼 고향 제주에 대한 애정, 잊지 못할 4·3 사건의 역사가 서사의 형태로 짙게 배어 있기 때문이다. 이러한 시작 태도는 시인으로서의 참회와 성찰을 불러일으킴으로써 시적 완성에 이르기 위한 구도자적 행보까지 유추할 수 있게 한다.

삼류 시만 쓴다는 삼류 시인이 산다는 그곳
한림읍 축산 단지 그 소문이 퍼지면서
유별난 파리 한 마리가 나랑 동거하잔다

녀석은 잠도 없이 책상 옆을 함께한다

인터넷 고스톱에 밤을 함께 꼬박 새우며
아~ 씨발, 아~ 씨발 하는 상소리도 배웠지

(……)

서당 개 삼 년이라지만 파리만의 비법이 있었네
동거 삼 일 만에 열두 음보를 꿰고 있었네
고시조 일백 수 정도를 달달 외고 앉았네

시는 노래이고 노래는 곧 눈물이란다
기뻐 울고 슬퍼 울고 아파 울고 쓰려서 우는
파리가 시인이란다, 온몸으로 운단다

(……)

그날로 삼십오 년 술 담배를 딱 끊었다
처량한 내 몰골이 그때서야 눈에 들고
까만 점 파리 목숨이 사람보다 더 컸다

"파리 목숨 걱정 말고, 사람 목숨 걱정하라!"
술타령 낭만 타령 신세타령 좀 그만하고

막가는 세상을 향해 "더욱 크게!" 울라던 파리

　-「파리와의 동거」부분

　　고전극 마당놀이의 풍자와 해학성을 느낄 수 있는 위 시는 스토리텔링 기법을 차용한 작품이다. 파리라는 미물을 통해 인간, 특히 시인의 위선과 오만, 안일을 신랄하게 비판하며 인식의 대전환과 자기 성찰을 유도한다. "삼류 시만 쓴다는 삼류 시인"이 사는 곳은 "축산 단지"다. 축산 단지에는 당연한 이야기지만 소나 돼지가 살고 있을 것이다. 또한 분뇨와 오물 등으로 인해 악취가 진동하는 곳이다. 파리가 날아들 수밖에 없는 그런 환경 속에 '삼류 시를 쓰는 삼류 시인'이 살고 있다. "삼류 시인"이 곧 '소나 돼지'라는 은유이다. 이 얼마나 신랄한 자기 비하인가. 거기에 세상에서 더럽다고 천대받는 파리가 그런 "삼류 시인"보다 더 낫다는 이야기를 서사적 이야기 구조로 풀어 놓고 있는 것이다. 파리와의 동거가 시작되면서 시인과 파리는 서로에게 동화되는 과정을 거쳐 종국에는 시에 대한 새로운 인식에 눈을 뜬다. "시는 노래이고 노래는 곧 눈물"이라며 '온몸으로 우는' "파리가 시인"이라는 결론에 이른다. 파리가 죽고 난 뒤 시인은 "삼십오 년 술 담배를 딱 끊"으면서 "처량한" 제 "몰골"을 비로소 알게 된다. "술타령 낭만 타령 신세타령 좀 그만하고/ 막가는 세상을 향해 "더욱 크게!" 울라던 파리" 목소리에 귀를 기울이게 된 것이다. 이는 "술타령 낭만 타령 신세타령"이나 하던 "삼류 시인"이 '삼류'라는 꼬리표를 뗄 수 있는 깨달음이다. 결국 "삼류 시인"이란 "사람 목숨"보다 "파리 목숨"에 집착하며 세상과 괴리된 개인의 신변잡기에만 관심을 두는 시인이다. "기뻐 울고 슬퍼 울고 아파 울고 쓰려서 우는", 울 줄 아는 시인, 세상의 희로애락을 온몸으로 외칠 수 있는 시인이 진짜 시인이라는 이야기다. "막가는 세상을 향해" 크게 울 수 있는 시인이 되라는 진짜 시인의 목소리가 가슴을 서늘하게 만든다.

이처럼 동물을 통해 시인의 본분을 일깨우는 시편은 「닭대가리끼리」에도 나타난다. "시인아, 시와 진리가 사람 곁을 떠나겠느냐/ 열심히 땅을 긁는 닭의 발을 유심히 보아라/ 바닥에 무엇이 있는지 두 눈 똑바로 뜨고서 (……) 삼류야, 아래를 보아라, 땅이 하늘의 증거이니라"라며 낮은 곳을 살피라는 하늘의 계시를 전한다. 밝고 높은 하늘이 아닌 낮고 그늘진 땅에 천착하려는 시인의 '하류 지향성'은 고정국 시학이 견지해온 돌올한 30년 철학이기도 하다. 이처럼 낮은 데를 향하는 시인의 시선은 4·3 사건을 비켜 가지 않는다. 4·3 사건이 일어나기 한 해 전에 태어나 4·3의 불길을 헤쳐 나온 유년의 기억은 그에게 트라우마이자 해원상생의 지상 과제이기 때문일 것이다.

'다랑쉬' 억새 숲에 숨어 떨던 노루들아
추운 사월 나뭇가지에 혼자 울던 휘파람새야
한쪽 눈 하늘에 뜬 채 이승 뜨던 홍 씨여

아직도 잠 못 드는 초목들을 어쩔거나
끝내 풀지 못할 한풀이를 어쩔거나
모여라 "둥기둥 둥기둥" 밤을 한번 새워보자

개머리판 내려찍던 그 군인도 내려오고
서울에서 삿대질하던 이승만이도 내려오고
9연대 2연대 모두 철모 벗고 내려와서

죽은 자 죽인 자가 서로 얼굴 쓰다듬으며,
이승에서 못다 푼 가슴들을 쓰다듬으며
하늘에 용서를 빌며 사월 한 달을 울어나 보자
  —「난쟁이 휘파람 소리」부분

  위 시에는 "난쟁이 홍 씨"의 사례를 들어 4·3의 불길 속에서
영문도 모른 채 희생된 제주민의 억울함과 함께, 그런 아픔을
딛고 상생의 미래로 나아가자는 의지가 잘 드러나 있다. 그의
이야기는 사방에 흩어져 있는 수많은 사건들 그 자체가 아니

라, 그것에 얽힌 기억을 담아낸 이야기, 기억된 삶에 대하여 이야기하는 자술의 형식을 띠고 있다. 그것은 그의 이야기가 말을 직접 전달하면서도 이야기 속으로 들어가 작중 화자와 하나가 되는 어법을 구사하기 때문일 것이다. 억울하게 죽임을 당한 수많은 생령들이 아직도 그 원통함을 풀지 못한 세계가 그들만의 고유한 질서로 재건되거나 아예 새롭게 만들어져야 하는 것이라면, 그들의 세계에 뛰어들어 그들과 함께 울려내는 시인의 목소리는 벌써 속죄하는 자의 그것에 가까울 수밖에 없다. 피해자이면서 가해자라는 동시성을 통해 화해와 상생의 분위기를 만들고 이를 바탕으로 해원과 치유의 미래로 나아가게 하는 것이다.

이러한 '더불어 살기'의 간절함은 이번 시선집의 표제작인 「그리운 나주평야」에서 방점을 찍는다.

> 호남 그쪽에서 이재창 시인을 만나
> 저물녘 한잔 술에 붉게 물든 나주평야
> 시인은 소식이 끊겨도 시는 붉게 남는걸
>
> 벼가 고개 숙일 쯤엔 주인 발소릴 알아듣고
> 오늘은 어느 구절 시 한 점을 바칠까 하고
> 골똘히 아주 골똘히 귀를 열고 있을 때

땅에 바짝 귀를 대면 우렁우렁 하늘의 소리
하늘과 땅 사이에 울음 우는 모든 것들이
저마다 각을 지우고 만종晩鐘 결에 실리던

추수를 열흘 앞둔… 나주평야 저만 같아라
하늘이 허락하신 그 높이로 키를 낮춘
칠천만 벼 포기들이 다툼 없이 사는 곳
─「그리운 나주평야」 전문

　　한때는 치열했지만 지금은 시조단과 소원해진 듯한 이재창 시인을 만나는 나주평야에서 이야기는 전개된다. 고정국 시인과 이재창 시인이 만난 것처럼 들녘의 벼와 주인이 만나고, "하늘과 땅 사이에 울음 우는 모든 것들이/ 저마다 각을 지우고 만종 결에 실리"는 나주평야는 "하늘이 허락하신 그 높이로 키를 낮춘/ 칠천만 벼 포기들이 다툼 없이 사는 곳"이다. 한마디로 굴곡 없는 평야의 지형처럼 남과 북의 모든 사람이 서로를 내려놓고 한마음으로 어우러지는 화합의 장이다. "땅에 바짝 귀를 대면 우렁우렁 하늘의 소리"가 들리는 곳이라면 시인도 더불어 울지 않겠는가. "시인은 소식이 끊겨도 시는 붉게 남는" 시인의 영토를 갈구하는 그의 마음이 하늘과 땅 사이에 울려

퍼질 그날을 기대해본다.

　수박 겉 핥기식으로 훑어본 몇 편의 작품만으로 고정국 시학의 정수를 온전히 말했다고는 할 수 없다. 어찌 보면 고정국 시조미학의 특징은 '아나키즘'을 기반으로 한 이상의 추구일 것이다. 아나키즘은 결국 '더 나은 세상을 만들 수 있다는 믿음'이다. 그의 시는 혁명이 완전히 사라져버린 시대를 비겁한 역설로 구가하고자 하는 몸짓이 아니다. 삶의 자잘한 사안이나 사물들을 디디고 솟구쳐 오르는 거대한 의미들을 붙잡고, 그것에 이의를 제기하거나 항변하듯 날카로운 물음을 던진다. 아직 그럴듯한 답을 찾지 못해 회피해왔던 저 대의와 정의를 고민하게 하고, 살면서 더러 어설프게 지켜왔던 가치들에 대한 새로운 인식에 눈을 뜨게 한다. 결국 그의 시는 우리 모두를 긴장과 이완의 경계선에 세움으로써 시대적 감수성과 구체화된 일상의 문제들을 외면하지 못하게 만든다. 그로 인해 보들레르가 말한 "현대성이란 일시적인 것, 사라지기 쉬운 것, 우발적인 것"이라는 오래된 명제에 생채기를 내면서 현대시조가 지향해야 할 현대성의 의미를 새롭게 쓰고 있다. 오로지 소유욕뿐인 거친 자본 문명 속에서도 내밀한 존재의 심연과 꿈을 들여다보고, 사람살이의 애환을 버무려 공감과 울림을 끌어내며, 관습적이고 감각화된 시조 문단에 성찰과 인식의 충격을 주는 시들의 성찬을 통해 현대시조가 나아가야 할 실감실정의 미래를 제시하고 있는 것이다. 감히 말하건대, 무른 땅을 찍지 않는 곡괭이의 본성과도 같은 고정국 시학의 30년 자취는 우리 시대 시조 문학의 한 성과를 매조질 수 있는 바로미터라고 할 수 있다.